講談社文庫

ドッグレース

木内一裕

講談社

ドッグレース

ドッグレース

目次

第1章　弁護士　007

第2章　犯罪組織　075

第3章　武装強盗　149

第4章　刑事　223

解説　添野　知生　300

木内一裕／きうちかずひろ公式フェイスブック

http://facebook.com/Kiuchi.Kazuhiro.BeBop

第1章

弁護士

1

西麻布《にしあざぶ》交差点からほど近い、星条旗《せいじょうき》通りの入口付近にヴェルファイアを駐《と》めてから三時間が経過していた。U2のアルバムを繰り返し聴き続けるのにも飽きてきたし、クーラーボックスに入れてきた最後のアイスコーヒーも残り僅《わず》かになっている。

今夜はもう店じまいにするか。児嶋康介《こじまこうすけ》はiフォンの音楽を止め、耳からイヤホンを外した。時刻は午前一時になろうとしている。

ギアをP《パーキング》からD《ドライブ》に入れたとき、背後からヘッドライトが近づいてきているのがわかった。白のセダンがヴェルファイアを追い抜いていって、十メートルほど前方で止まった。運転席から降りた男が近づいてくる。軽く右足を引きずっていた。

なんだ、ガスかよ。児嶋はギアをP《パーキング》に戻した。ガスは去年の暮《くれ》くらいからちょくちょく買いに来るようになった児嶋の顧客の一人だ。

「ご無沙汰じゃねえかよガス」

児嶋は運転席側の窓を下ろすとそう言った。ガスは軽く右手を挙げた。たしか名前は西村だか西本だかだったはずだが、みんながガスと呼んでいる。なぜそう呼ばれているのか児嶋は知らなかった。

「しばらく東京を離れることになった」

ガスが言った。

「あるだけ売ってくれ」

「カネはあんのか？」

児嶋がそう言うと、ガスはズボンのポケットから二つ折りにした万札の束を出し、

「どんだけある？」

「七つ」

児嶋はガスが突き出した束の厚みを見て鼻で笑った。

「そんなんじゃ全然足りねえよ」

「じゃあ……」

ガスは反対側のポケットから摑み出したものを児嶋に差し出す。高級そうな腕時計だった。

「ネットで調べたら、中古の流通価格は百八十万だった」

児嶋は受け取った腕時計をじっくりと眺めた。高級腕時計に詳しい知識があるわけではない。だが、中古で百八十万が嘘ではないと思えるくらいの高級感はあった。キズ一つなく、ほとんど新品といってもいいぐらいの状態に見える。

「どうせ盗品《とうひん》だろ？　箱なし保証書なしなら、せいぜい一割ってとこだな……」

その、手にズッシリくる重さからもコピー品とは思えない。

「相場は、二割のはずだぜ」

そう言ったガスの声には焦りがあった。

「だったら二割で買ってくれるとこで現金に替えてから出直してこい」

児嶋が腕時計を突っ返す。だがガスは受け取ろうとはしなかった。

「わかったよ……」

そう言って、さらにポケットから取り出したものを手渡される。金のハートを小粒のダイヤが縁取っているシャレたデザインのヘッドがついたネックレスだった。

「ティファニーだ。中古価格は三十四万」

「おいおい、こーゆーの捌《さば》くのだって楽じゃねえんだぞ」

児嶋は嘘をついた。出処《でどころ》の怪しいブツをカネに替えてくれる業者に伝手《つて》はあったし、もちろん二割で引き取ってくれる。悪くない稼ぎだ。そう思っていた。

「ったく、しょうがねえな……」

児嶋はガスの手にある札の束を引ったくると、助手席に置いてあったナイロン製のポーチを手に取った。ジッパーを開け、中のコインロッカーの鍵を全て取り出す。

「ほれ、七つだ」

ガスは七個の鍵を掴むと、そのまま自分の車に向かって歩き出す。

「おい、いっぱいあるからってやり過ぎんなよ！」

児嶋はガスの背中に声を投げた。ガスは振り返ることもなく車に乗り込むと、そのまま走り去っていった。


そのニュースを見たのは翌日の夕方だった。TVをつけた途端に飛び込んできた。

人気俳優の松村《まつむら》保《たもつ》が殺されていた。拳銃で三発撃たれていたのだという。さらに松村の死体が見つかったマンションの浴室からは、いま日本で一番売れている歌姫《ディーヴァ》、と呼ばれているロック歌手の夏川《なつかわ》サラの全裸死体が発見されていた。後頭部を拳銃で撃ち抜かれていたそうだ。

「ざまぁ見やがれッ！」

思わず、児嶋の口からその言葉が飛び出した。続けて笑い声が迸《ほとばし》る。

松村という男は、元は千葉《ちば》ではかなり名の知られたヤンキーだったと聞いている。東京《とうきょう》に出てきて俳優業を始めると、まだ売れてもいないころから六本木《ろっぽんぎ》で派手に遊びまくっていた。金持ちの女を片っ端から引っ掛けたり、怪しげな、社長、と呼ばれる人種に取り入ったりしていた。児嶋が知り合ったのもそのころだ。

大手芸能プロダクションに移ってからは徐々に脚光を浴び始め、いまじゃすっかり売れっ子俳優の一人として世間に広く知られる存在になっていた。

去年は主演映画が三本公開され、ゴールデンの連ドラでも二作品に主演していた。今年はＮＨＫの大河にもメインどころで出ている。

児嶋はその松村に六、七年前からずっとコカインを供給してきた。コカインは値段が高いのと売り手が少ないせいで一般の素人に広まることはないが、芸能人や、その周りに蠢《うごめ》くセレブ連中にとって最高のパーティードラッグだ。

覚醒剤《シャブ》に手を出す芸能人は、その時点でもう終わっている。シャブを使うとメシを食わなくなるから急激に痩せていくし、眠らないから傍《はた》から見て一発でわかっちまうほどに顔つきが変わってくる。そして使い始めるとアッと言う間にわけのわからないことを喚《わめ》き始めて警察《サツ》にパクられる。さらに供給元がヤクザであることも芸能人から敬遠される理由だ。

コカインは、シャブに較べればそれほど破滅的なドラッグじゃない。注射器《ポンプ》も使わなければ炙《あぶ》る必要もないし、オシャレなイメージがあるから女の子にも勧めやすい。効き目はガツンと鮮烈で、最高にハイになれる。しかも効果の持続時間が短く、翌日に影響が残らない。

松村は児嶋から高品質のコカインが安定的に手に入り、児嶋は松村を通じて芸能人の顧客を手に入れていった。持ちつ持たれつの関係だ。児嶋はそう思っていた。

だが、そんな関係は半年ほど前に終わりを告げた。松村は、長年児嶋にコカインを卸しているマルコと直接取引を始めたのだ。しかも児嶋の芸能人の顧客は全て、松村の客になっていた。

「無駄にお前に稼がせる必要はないと思ってな……」

文句を言った児嶋に、六歳下の松村が蔑《さげす》みの笑顔を見せた。

「いいかげん、テメエみてえな下っ端にデカいツラされんのにゃウンザリなんだよ」

そう吐《ぬ》かしやがった。

殺してやる。児嶋はそう思ったが口には出さなかった。そのときは。

「お前、頭イカレたか？　俺がその気になりゃあ、お前は芸能人として終わりだぞ」

児嶋は言った。

「へえ、俺がその気になりゃあ、テメエはヤクザ者《もん》に攫《さら》われて、東京湾に沈められるだろうぜ」

松村はそう言って大笑いしやがった。

その松村が殺された。銃弾を三発喰らって。巻き添えになった歌姫には気の毒だがこれが笑わずにいられようか。どこのどなたがやって下さったのか知らねえが、なにか俺に手助けできることがあったらなんでも言ってくれ。そんな気分だった。

児嶋はこの商売を始めてからは一切商品に手を出さずに生きてきた。だが、まるでコカインを決めたときのようにハッピーになっていた。

警察がやって来たのはその翌週だった。

逮捕状はなく捜索差押許可状だけだった。児嶋はガサ状を読みもせずに警察を部屋に通した。

ドラッグは一切自宅マンションには置いていないし、保管場所に繋《つな》がるようなものも、顧客に繫がるようなものもなにもない。どうせどこかのバカが密告《チンコロ》しやがったんだろうが、そんなもんで尻尾《しっぽ》を摑まれるようなぬるい商売はしちゃいねえんだ。児嶋は薄笑いを浮かべていた。

「商売の調子はどうだ？」

リーダー格の刑事《デカ》が言った。それ以外の連中は家中を引っくり返し始めている。

「ダメだね。ネット配信に押されてレンタルDVDじゃ喰っていけねえ」

児嶋がお約束のセリフを口にすると、デカは面白くもなさそうにフン、と鼻を鳴らした。

「だから別の商売のほうに精出してんだろ？」

「意味わかんねーな。なんかいい商売があるんなら教えてくれよ」

児嶋がそう言ったとき、寝室から若いデカが出てきた。白いゴム手袋の先にジップロックのポリ袋を二つぶら下げている。

「ウブロのキングパワー・ウニコと、ティファニーのセンチメンタルハートです」

リーダー格のデカが頷《うなず》く。

「は？　それがなんなんだよ？　お前らになんの関係があるんだよ⁉」

児嶋にはわけがわからなかった。リーダー格のデカが言った。

「どうする？　任意で出頭してくれるか？　それとも逮捕状が届くまで、ここで待たせてくれるかい？」

「逮捕？　なんの話なんだよいったい？　お前ら組対《そたい》五課じゃねえのかよ⁉」

「おいおい、勘違いすんなよ。俺たちは薬物捜査に来たんじゃない。俺たちは警視庁捜査一課の殺人犯捜査係だ」

「さ、殺人？」

「セコくコカイン売ってりゃいいものを、二人も殺すなんてバカな真似したもんだ」

「…………」

児嶋の体が震え出した。

「だから知らねえって言ってんだろう！」

児嶋は取調室に入れられてから何度目かの言葉を吐き出した。

「俺は誰も殺しちゃいねえし、松村の部屋になんぞ行ったことねえって」

「お前、三ヵ月ほど前にロアビル近くの〈ラハイナクラブ〉って店で松村保に殴りかかったらしいじゃねえか」

いまでは砂川《さがわ》という名の警部補だとわかっているリーダー格のデカが言った。

「殺すぞ！　……って何度も喚いてんのを大勢が見てるぞ」

「あんときゃ酔ってたし、虫の居所が悪かったんだ。それだけだ」

「お前、そんな寝言で逃げられるとでも思ってんのか？」

「やってねえんだからしょうがねえだろ」

「お前は死刑になるんだぞ」

「は？」

「強盗殺人で二人殺したら、日本の法律じゃあ死刑なんだよ」

「だから殺してねえんだって」

「お前は前科持ちのドラッグの売人《ばいにん》で、殺人の動機があり、マル害の二人が奪われた高級腕時計とネックレスを所持していた。そしてアリバイがない。そうなんだろ？」

「アリバイはある。ただ、いまは言えねえって言ってんだよ」

「じゃあ死刑だ」

「……………」

「もうなんもしゃべらんでもいいぞ。このままでもお前の有罪は確実だからな」

児嶋は大きくため息をつき、大袈裟に肩をすくめて見せた。

「オーケー、オーケー、わかったよ。そんじゃ本当の犯人を教えてやるよ」

「ほう、……誰だ？」

砂川はさして関心があるふうでもない薄笑いを見せた。児嶋は真剣な顔で言った。

「ただし、そいつが俺との関わりをどう言おうと、免責にしてくれ。それが条件だ」

「ドラッグ絡《がら》みってことか？　俺は殺人事件以外に興味はない。お前が殺人犯じゃあないって信じられるような話ができるなら、どんな罪でも揉《も》んでやる。言ってみろ」

「ガスって呼ばれてる野郎だ。どっかの組関係の裏カジノで働いてたって聞いてる。あの腕時計とネックレスはガスにもらったんだ。しばらく東京を離れるって言ってたし、あの野郎が犯人なのは間違いねぇ」

突然、砂川が笑い声を上げた。壁際のデスクに向かってメモを取っていた若いデカも振り返って笑い顔を見せる。

「ガスこと、西崎貴洋《にしざきたかひろ》か……。ったくお前らはそういうのが得意だな」

砂川が呆れたように左右に首を振る。

「お前らはなんかマズいことがあると、すぐに死んだ奴のせいにする」

「は？」

「誰にもらった？　誰から買った？　デカから訊かれるとお前らは、なんだって最近死んだヤクザだの、最近死んだ前科持ちにおっ被《かぶ》せちまうんだ」

「え？」

「会ったこともねえ悪党でも、死んだって話聞くとこまめにチェックしてんだろ？　こっちゃあそういうヨタは聞き飽きてんだよ！」

「し、死んだって、どういうことだよ？」

「ガスは、四日前の未明にヤクの過剰摂取で緊急搬送された。病院に着いたときにゃくたばってたそうだ。……もう火葬も済んでるころだろうよ」

「…………」

児嶋の背中を冷たいものが駆け抜けた。

「そんな程度の話しかできないんなら、もう弁護士に縋《すが》ったほうがいいぞ。なんとか死刑だけは逃れられるようにな……」

砂川が同情するような眼で言った。

「誰か、弁護士に知り合いはいるか？」

「矢能《やの》だ……」

児嶋は言った。

「矢能という男を呼んでくれッ！」

児嶋は、力の限りに叫んでいた。

2

事務所のドアが開いて栞《しおり》が勢いよく飛び込んできた。矢能政男《まさお》は読みかけの本から顔を上げた。

「どうした？」

「おねえさんが、美容室のおねえさんが……」

栞は息を切らしている。背中のランドセルが大きく揺れていた。

「いえ、おねえさんの美容室が……」

「だからどうした？」

相手が栞でなければ怒鳴り声を上げているところだ。

「やめちゃうんです」

応接セットのソファーに沈み込んで、両脚をテーブルの上で重ねている矢能の脇に立ったままで栞は言った。

「おねえさんが美容室を辞めるのか？」

「いえ、おねえさんの美容室が――」

「店を閉めるってことか？」

「そうです」

「なぜだ？」

「わかりません。おねえさんもわからないって……」

栞は小学三年生。矢能の娘になってから五ヵ月が過ぎている。母親も、兄弟姉妹もいない栞が、いつも髪を切ってもらっている近所の美容室のおねえさんのことを姉のように、あるいは母親に近い存在として慕《した》っているのは知っている。

「おねえさんが、いなくなってしまいます」

矢能も、そのおねえさんに髪を切ってもらっている。特に美人というほどでもないが、笑顔がチャーミングで雰囲気が良く、とても腕のいい美容師だ。歳は二十八だと言っていたが二十歳を過ぎたばかりのように見える。そろそろ三度目のカットに行かなければならないころ合いだと思っていたところだった。

「ああ、残念だな」

矢能は本心からそう言った。

「わたしはイヤです。どうすればいいですか?」

栞の気持ちはわかる。だがどうすることもできない。そもそも世の中には美容室が多すぎる。潰れる店があっても、なんの不思議もなかった。

「あのな、栞……」

矢能は本を閉じ、足を床に下ろした。

「どんなにイヤなことでも、受け入れなきゃならないときもあるんだ」

「イヤです」

栞の眼は真剣だった。矢能は栞と暮らすようになってからの一年半で、一度も栞がワガママを言うのを見たことがない。だから今回も、ワガママではないのだろう。

「おねえさんは、どうすると言ってた?」

「新しい勤め先を探すしかないって……」

「ああ、二度と会えないわけじゃない」

「でも、イヤです」

「………」

栞の実の父親は、栞が生まれる前に殺された。栞の母親は、一年半前に殺された。栞を矢能に預けた、この事務所の前の主だった探偵も、栞の母親と同じ日に死んだ。

大切な人を失うかも知れない、という恐怖は、並の子供と栞とでは感じ方に大きな違いがあるはずだ。そのことに無関心な父親だとは思われたくなかった。

「わかった。なにか考えてみる」

「ありがとうございますっ」

栞の顔が輝いた。だが、栞が満足するようななにかができるとは思えなかった。


とりあえず、直接話を聞いてみなければ始まらない。そう思って事務所を出ると雨が降っていた。もう東京が梅雨入りしたのかどうか矢能は知らない。だがどんな季節だろうと、傘を差すのが嫌いな人間にとって雨に濡れて歩くのは普通のことだった。

「いらっしゃいませぇ」

ガラスのドアを開けると、いつものチャーミングな笑顔が迎えてくれた。

客がいれば出直そうと思っていたのだが、五十代のご婦人がレジで会計をしているところだった。

「すぐにご案内できます。そちらで少しお待ちいただけますか？」

矢能は頷いて、ドアの脇のサーモンピンクのベンチソファーに腰を下ろす。やがてご婦人が出ていくと、店の外まで客を見送ったチャーミングな笑顔が戻ってきた。

「栞ちゃんから聞いたんですよね？」

「ああ、だが髪の毛も切ってほしい」

矢能はベンチソファーから起《た》ち上がった。

「フフッ……。では上着をお預かりします」

スーツの上着を預けると、五台並んだ白い椅子の一番奥に案内される。

「わたし、スーツでノーネクタイの姿しか見たことないんですけど、いっつもスーツですか？」

「基本、そうだ」

矢能は首にタオルを巻かれながら言った。

「なんか、夜寝るときもスーツを着てそう」

背後から笑い声が聞こえた。矢能はどう応えればいいかわからなかったので放っておくことにした。

「この店は、いつまで……？」

ナイロン製の白いシーツのようなものの袖に両腕を通す。

「来月いっぱいなんです」

「急な話だな」

「ええ。先生はだいぶ前から決めてたらしいんですけど、わたしにはきのう……」

「その先生ってのが、ここのオーナーなのか？」

「ええ。……いつもの感じでよろしいですか？」

「ああ」

「了解いたしましたぁ」

いつものように、彼女のハサミが迷いもなく矢能の頭を切り刻んでいく。

「儲かってないのか？」

矢能は話を戻した。

「そんなことないんですよ。まぁ繁盛してるってほどでもないんですけど、わたしが任されるようになってからは若いお客さんも増えたし、それなりに利益は出てたはずなんですけどね……」

「じゃあ、なぜ？」

「あくまでも推測なんですけど、先生更年期障害《こうねんきしょうがい》なんじゃないかな。最近体調を崩しがちで滅多に顔を見せないし、ちょっと鬱《うつ》入ってきてるような感じで……」

「……………」

「それで、なんかなにもかも投げ出したくなったんじゃないかって……」

「あんたが引き継ぐことはできないのか？」

「いやいや、とてもとても、わたし開業資金なんか全然貯まってないし、……それに、次にここに入るお店も、もう決まっちゃってるんです」

「なんの店？」

矢能の問いに、鏡の中の彼女が肩をすくめる。

「美容室。……この物件の契約を解除すると、内装を全部剝《は》がしてスケルトンで戻さなきゃならなくって、それには二百万くらいかかるんですよ。それでこのまま居抜きで借りてくれる人をずっと探してて、ようやく見つかったってことらしいです」

「新しい店で雇ってもらうわけにはいかないのか？」

「無理ですね。若い美容師夫婦が二人でやってくみたいですから……」

本格的に、どうしようもない話だということがわかってきた。

「じゃああんたは、……どこかに働き口の当てでもあるのか？」

彼女が柔らかいブラシで、矢能の顔についた細かな髪の毛を払ってくれる。

「まぁ、丸っきりないってわけでもないんですよね。わたし出身が静岡《しずおか》なんですけど地元の先輩が最近店を出して、手伝ってほしいから帰ってこいって……」

どんどん栞の望まない方向に話が進んでいく。

「でもすっかり東京にも馴染《なじ》んじゃったし、わたし、この店気に入ってんですよね。栞ちゃんに会えなくなるのもイヤだし……」

鏡の中の彼女と眼が合った。そこに笑顔はなかった。

「ま、なるようになるでしょ」

寂しげな笑みとともに、またハサミが軽快に動き始めた。


「どうでしたっ？」

事務所に戻るなり栞がソファーから起ち上がった。矢能は左右に首を振った。

「いい話はなに一つ出てこない」

「…………」

栞の落胆はわかりやすかった。力なくソファーに尻を落とし、項垂《うなだ》れている。矢能は栞にかけてやるべき言葉が思い浮かばなかった。そのとき奥のデスクの上の電話が鳴り出した。栞が起ち上がる気配を見せないので、矢能が歩いていってコードレスの受話器を取る。

「矢能探偵社です」

「あの、矢能政男さんをお願いします」

中年と思しき女の声だった。

「私ですが……」

どういう電話なのか見当がつかない。

「はじめまして、わたくし弁護士の鳥飼美枝子《とりかいみえこ》と申します」

「弁護士？」

「ご相談しなければならないことがあります。いま中野《なかの》の近くまで来ておりますので、これから伺《うかが》ってもよろしいですか？」

有無を言わせない口調だった。

「ええ」

矢能はそれだけ言って電話を切った。


やって来た女は、電話での低い声の印象よりは若く見えた。四十代の後半といったところだろう。角張った眼鏡が、頭脳の明晰さと意志の強さを感じさせる。

簡単に挨拶を済ませてソファーに座って向かい合うと、鳥飼美枝子は不躾《ぶしつけ》に矢能をジロジロと見てから言った。

「あなたが、元ヤクザだというのは本当ですか？」

「間違ってはいない」

矢能はそう応えた。

「わたしの依頼人が、あなたの協力を求めています」

「誰だ？」

「児嶋康介、三十五歳。強盗殺人の容疑で起訴されています」

「児嶋？　あの、俳優と女の歌手を殺した……」

その事件は、連日嫌というほど報道で目にしていた。

「ええ、その容疑です。あなたの噂を聞いてて、自分を救うことができるのはあなたしかいないと言っているんです」

「どんな噂だ？」

「裏社会絡みのことはどんなことでも探り出せる、超すげえ探偵なんだ、と……」

「人違いだ」

矢能はソファーから起ち上がった。

「帰ってもらおう」

「彼はこのままでは死刑になります」

鳥飼弁護士は微塵《みじん》も動揺を見せなかった。

「それだけのことをやったんなら仕方がない」

矢能は立ったままで言った。

「やってなかったとしたら？」

彼女は矢能の眼をジッと見つめていた。

「そうなのか？」

「本人はそう言ってるし、わたしはそれを信じています」

「…………」

矢能はソファーに腰を下ろした。

「話を聞こう」

矢能は言った。そこに栞がコーヒーを運んできた。

笑顔はなかった。

3

鳥飼弁護士が一通り事件の概要を説明し終えるまで矢能は黙って聞いていた。その大半は矢能も報道で見て知っていることだった。

「で？　俺になにをやらせたいんだ？」

「河村隆史《かわむらたかし》という人物を捜して欲しいんです」

「なに者《もん》だ？」

「真犯人だと思われるガスこと西崎貴洋の友人です」

「そいつがあんたの依頼人の無実を証明してくれるってのか？」

「河村はガスにとって唯一の親しい存在で、ガスが児嶋被告からドラッグを買うようになったのも、河村からの紹介だったそうです」

「そいつはなにを知ってるんだ？」

「わかりません。ですが、ガスが殺人なんて大それたことをやるのに河村に相談していないはずがない。絶対に河村は、ガスが犯人だと知っている。……そう児嶋被告は主張しているんです」

「だったらあんたらで捜せばいい。俺を巻き込むことじゃない」

「河村は六年前に強盗容疑で有罪判決を受け、半年前に仮釈放されています。裁判所から居住地を郷里の島根《しまね》県に制限されていましたが、保護観察中に逃亡して上京してきたようです。ウチの調査員に捜させましたが見つかりません。どうやら組織暴力団と繋がりがあるようで、これ以上は無理だ、とのことでした」

「そんな野郎を見つけてなんになる？」

矢能は呆れた声を出した。

「仮釈放違反で隠れてる野郎が人前に出てくりゃ刑務所《ムショ》で残りの弁当を喰わされるんだ。赤の他人のために、法廷に出てきて証言するとでも思ってんのか？」

「わたしが説得します」

「あのな、その河村ってのには強盗《タタキ》の前科《マエ》があるんだぞ。そっちのほうが真犯人なんじゃねえのか？　ガスってのは強奪品の処分を命じられただけなのかも知れん。仮に実行犯じゃなかったとしても、ヤクザ者《もん》と繋がってるんなら凶器の拳銃を手に入れたのは河村なのかも知れねえんだ。どんな可能性だってあるんだぞ」

「ええ、河村が全ての事情を知っていて、でも殺人には一切手を貸していない可能性もね」

「そいつは期待しすぎってもんだ」

「そうかどうかは見つけてからの話よ」

「もし河村が事件に関与してるとすれば、絶対に見つからないように必死で逃げ回るだろうな」

「でも、あなたなら見つけられるんでしょ？」

鳥飼弁護士は不敵な笑みを浮かべた。

「わたしは刑事事件専門の弁護士ですよ。あなたの指摘したことぐらい、全て心得た上でお願いしに来てるんです」

「俺には無意味なことだとしか思えない」

矢能は言った。実際そう思っていた。

「冤罪《えんざい》による死刑、なんていうバカげたことを起こさせないためには、やれることはなんでもやらなければならないの。無意味かどうかはやったあとで判断すればいい」

鳥飼弁護士の眼は確信に満ちていた。

「なぜ冤罪だと言い切れるんだ？」

「直接証拠はなにもないんです。目撃者はなし、自供もなし、凶器も見つかっていなければ、現場に児嶋被告の痕跡も残っていない。監視カメラの犯人とされる映像も、スウェットのパーカーのフードを被っていて終始俯《うつむ》いてるから個人を特定できない。あるのは曖昧な動機と、殺害時に持ち去られた腕時計とネックレスが児嶋被告の部屋から見つかったことだけ」

「それで死刑になるのか？」

「ガスさえ生きていれば、児嶋被告が起訴されることすらなかったでしょうね」

なるほど。矢能は思った。売れっ子若手俳優と、人気絶頂の女性シンガーが殺されたという衝撃は凄まじく、マスコミの報道も異常なほどの昂《たかぶ》りを見せている。

殺された松村保のファンだった女子中学生が後追い自殺をしたという報道も目にしていたし、殺された夏川サラの追悼集会が各地で行われ、夜通しの騒音に近隣住民とのトラブルが頻発《ひんぱつ》しているという報道も見ていた。

警察も検察も、面子《メンツ》に懸《か》けてこの事件を解決しなければならない。動機を持つ人間の一人である児嶋の自宅から奪われた品を発見できた警察は有頂天になり、他の線を一切追ってはいない。児嶋がいくら訴えようと、ガスが死んでしまった以上容疑者は児嶋の他に一人もいなかった。

連日くり返される報道のせいで、児嶋はいま最もホットな有名人になっている。まるで今世紀最大の極悪人であるかのような言われ方だ。犯行を否認していること自体が、反省の欠片《かけら》もない卑劣な人間の屑であるという印象を世間に与えている。

これほどに世間の注目を集めている裁判で、司法機関が敗北を喫するわけにはいかない。警察と検察がどんな手を使ってでも児嶋を有罪に持っていく決意であることは容易に想像がついた。

「で？　あんたはなにをやるんだ？」

矢能は言った。鳥飼の言った、「やれることはなんでもやらなければならない」という言葉の意味を訊ねていた。

「腕時計とネックレスを、証拠から排除するよう求めます」

鳥飼弁護士は言った。

「児嶋被告の自宅が捜索された段階で、警察はまだ殺人の容疑で令状を請求するのに必要な根拠をなに一つ持ち合わせていなかった。捜索差押許可状に書かれていたのは完全なでっち上げです。家宅捜索そのものが違法である疑いが極めて濃厚なんです」

「排除できる可能性は？」

「高くはありません。まぁ、ゼロよりは少しマシといった程度でしょうね」

鳥飼弁護士は、矢能から眼を逸らさずにそう言った。この女は正直に話している。矢能はそう思った。

アメリカの司法制度でなら通用する手法かも知れないが、日本の裁判所が検察寄りだという現実は、被告人として多くの裁判を経験してきた矢能にとってみれば、ごく当たり前のことだった。

「警察は取調べの際に、被疑者を死刑になるぞと脅し、素直に罪を認めれば検察官に死刑を求刑しないように話してやると言って自供を迫っています。これこそが、警察が状況証拠しか持っていないことの証《あかし》なんです」

鳥飼弁護士は静かに、だが力強く言った。

「わたしは徹底的に闘いますよ。警察の違法な捜査と検察の恣意《しい》的な起訴をとことん弾劾《だんがい》していくつもりです。そして、被告は悪人である、という予断を植えつけられてしまっている裁判員たちに、合理的な疑いを抱かせなければなりません。それには、あなたの協力が必要なんです」

この弁護士は本気で児嶋という被告を救おうとしている。

引き受けてもいいのかも知れない。矢能はそう思い始めていた。警察の面子を潰す仕事だというのも悪くない。

探偵の看板を掲げていながら、浮気調査だの家出中学生の捜索だのを引き受ける気がない矢能の事務所はいつも閑古鳥が鳴いている。そしてそのことにいつも栞は不満を漏らしている。

別の意味で矢能がやりたくないヤクザからの依頼でもなく、弁護士からの、しかも死刑に関わる殺人事件の調査まで断っていれば、矢能が引き受ける依頼なんてどこにあるというのか。

少なくともずっと事務所にいて、美容室のおねえさんの件を解決しないことに批難の眼を向けてくる栞と一緒にいるよりは気が楽な気がした。

「もし俺が引き受けるとしても、報酬は高いぞ」

とりあえずそう言ってみた。

「どのくらい？」

鳥飼弁護士は平然と言った。

「警察から隠れて逃げ回ってるような前科持ちの周《まわ》りを突《つ》つき回せば、こっちの身に危険がおよぶハメになるのは間違いない。割に合わない仕事だ」

「だからどのくらい？」

「着手金が百万。俺の日当が十万。プラス必要経費」

適当にそう吹っかけてみた。

「運良く河村ってのを取っ捕まえることができたら、そいつが役に立とうが立つまいが、成功報酬として五百万払ってもらう」

「そのくらいなら大丈夫ね」

鳥飼弁護士は居住まいを正して頭を下げた。

「じゃあお願いします」

「…………」

矢能のほうが少し驚いてしまった。依頼人である児嶋というドラッグの売人がそれほどカネを持ってるとは思えない。では誰が矢能に報酬を支払うのか。実家が金持ちなのだろうか。そんな矢能の考えを見透かしたかのように、

「我々には強力なスポンサーがついていますからご心配なく」

鳥飼弁護士は微かな笑みを浮かべた。

「誰だ？」

「わたしはその人に頼まれて児嶋被告の弁護を引き受けたんです」

「なに者《もん》だ？」

「あなたは児嶋被告が無実だとは信じていないんでしょ？」

「ああ。信じちゃいない」

犯罪者は嘘をつく。警察に捕まれば誰もが「俺はやってない」と言う。死刑になるような犯罪であればなおさらだ。矢能自身、全ての裁判で容疑を否認し続けてきた。いくら証拠が少なかろうと警察の捜査が強引であろうと、児嶋がやっていないことの証明にはならない。児嶋は犯罪でメシを喰ってきた男であり、犯罪者とは嘘をつく生き物だ。

「じゃあなぜこの仕事を受けてくれる気になったんです？」

「依頼人が善人か悪人かを気にしたことがない」

矢能はそう答えた。鳥飼弁護士は笑みを浮かべて、

「でも、どうせなら無実の被告を死刑から救う仕事のほうが気分がいいでしょ？」

「………………」

言ってる意味がわからなかった。

「まずはスポンサーに会ってみることをお勧めします」

「なぜ？」

「わたしには弁護士としての守秘義務があるのでなにも話せませんが、会えばきっと児嶋被告の無実を信じる気になります」

鳥飼弁護士はそう言った。まだ意味がわからなかった。

「おいーす」

いつものようにテンション高く情報屋が入ってきたのは、鳥飼弁護士が帰って間もなくのころだった。六十を過ぎても、落ち着き、という言葉からは何百万キロも離れたところにいる小柄で小太りの親爺《おやじ》だ。

「シオリン、ご機嫌はいかがかな？」

いつも通りの胡散《うさん》臭い笑顔で言った。栞の熱烈なファンの一人で、週に一度か二度ディナーに誘いにやってくる。

いつもならすぐに「普通です」と応える栞が、きょうは返事をしなかった。

黙って俯《うつむ》いたまま、先ほどまで鳥飼弁護士が座っていたソファーから起ち上がろうともしなかった。

「てめえ、シオリンになんかしやがったな！」

情報屋は矢能に向かって抗議の眼を向けた。

「俺じゃない」

矢能は煙草に火をつけた。

「じゃあ誰なんだよ」

「行きつけの美容室が店を閉めることになったんで落ち込んでるんだ」

「はぁ？」

「そこのおねえさんに、ずっと仲良くしてもらってたんでな……」

「そんなもん、お前《めえ》がなんとかしてやれよ」

「なんとかできるもんならな……」

矢能はため息とともに長く煙を吐き出した。

「どうせヒマなんだろ？　あり余る時間を無駄にしねえでシオリンのために働けよ」

情報屋は矢能の正面のソファーの栞の横に腰を下ろした。

「なぁ？」

と栞に微笑みかける。栞は援軍を得たと感じたのか、いつになく優しい眼で情報屋に応えた。

「ヒマじゃない。さっき仕事の依頼を受けたところだ」

矢能は言った。

「なんでえ珍しいこともあるもんだな。またヤクザ者《もん》からの依頼か？」

「違う。弁護士からだ。殺人事件の調査だ」

「あ？　なんだそりゃ？　どういうことなんだよ？」

情報屋は心底驚いていた。

「そんなことより、長沼譲司《ながぬまじょうじ》って名前に聞き覚えはないか？」

「は？　なんだそれ？」

「今回の依頼のスポンサーだそうだ。なんか噂とか聞いてないか？」

「ナガヌマ……、ジョージ……」

「六本木で飲食の店を経営してるらしい」

「ああ、なんでえ〈エル・ドラド〉のオーナーじゃねえかよ」

「知ってるのか？」

「お前《めえ》だって、満更《まんざら》知らねえわけでもねえはずだぜ」

「あ？」

「マルコだよ。六本木のドラッグ業界のキング、マルコ様だよ」

4

マルコという名は矢能も知っていた。六本木界隈を根城とする、非ヤクザ系の違法薬物供給元としては最大手の組織のトップだ。直接顔を合わせたことがあるわけではないが、矢能が事務所を引き継ぐことになった探偵との行きがかりで、マルコの手下を攫《さら》ったこともある。

マルコはヤクザの米櫃《こめびつ》である覚醒剤《シャブ》には一切手を出さずに、コカイン、ヘロイン、クラック、MDMA、LSD、メスカリン、PCPなど、ヤクザが扱わないドラッグだけで商売をしている。そして小売りする客も外国人だけに限定することで、ヤクザとの住み分けを実現していた。

かつて磐政会《きんせいかい》系列の三次団体がマルコの組織を傘下に収めようと圧力をかけたが、豊富な銃器で完全武装したマルコ配下の連中が徹底抗戦の構えを見せたため、警察の介入を怖れたヤクザ側が手を引いたという噂も聞いたことがあった。

西麻布でコカインを売っていた児嶋がマルコと繋がっていることは当然とも言えた。だがなぜマルコが児嶋の弁護のために大金を投じるのかがわからない。そして、なぜマルコと会えば児嶋の無実を信じるようになるのか。マルコはなにを知っているのか。会ってみるしかない。矢能はそう判断した。

「マルコってのはどんな男だ？」

情報屋に訊ねる。

「まぁ見た目は完全な白人だ。ただ生まれも育ちも足立《あだち》区らしいぜ。本人はスペインとのハーフだって言ってるそうだ」

「俺が腹を立てずに話せる相手かどうかってことだ」

「お前《めえ》は誰にだって腹を立ててるじゃねえかよ」

情報屋は笑っていた。

「クスリで荒稼ぎしてる人でなしの中じゃ、品のいいほうじゃねえかな」

栞が情報屋のエスコートで近所のジョナサンに夕食に出かけると、矢能はマルコに電話をかけた。鳥飼弁護士が置いていった分厚いファイルには、マルコこと長沼譲司の携帯の番号も載っていた。

「はい。……どちら様かな？」

「鳥飼弁護士から調査を依頼された者です」

「ああ、彼女から電話をもらいましたよ。矢能さん、でしたね？」

見た目が外国人だとは思えない、完璧にネイティブな日本語だった。

「ええ、近々お時間取ってもらえますか？」

「できれば今夜、六本木まで来てもらえるかな？　十時までは店にいますんでね」

「ではこれから伺《うかが》います」

矢能は電話を切った。


タクシーを拾って六本木に向かった。

マルコが経営する外国人ストリップバー〈エル・ドラド〉は、外苑東《がいえんひがし》通りから一本裏に入った通りに面したビルの地下にあった。

ドアを開けた途端に大音量の音楽が耳を打った。受付の黒服の男に来意を告げると男はヘッドセットのマイクに向かってなにか呟《つぶや》いた。すぐに黒いスーツに蝶ネクタイの金髪の若い女が近づいてきて店の奥を手で示した。矢能はその女の案内でフロアを横切って進んだ。

ステージの上には金色のポールが立っていたが誰も踊ってはいなかった。まだ時間が早いせいなのか、客席は半分ほどしか埋まっていない。

奥の狭い通路の突き当たりにあるドアを開けて金髪の女が矢能を中に通した。ドアが閉まると煩《うるさ》かった音楽が微かなBGM程度になった。豪華な設《しつら》えの部屋の奥に鎮座《ちんざ》する大振りなデスクでノートパソコンに眼を向けていた男が顔を上げる。四十過ぎの白人の大男だった。

「やあ、いらっしゃい」

マルコは愛想のいい笑みを浮かべて、手でデスクの前のソファーを勧めてくる。

「なにか飲みませんか？」

矢能がソファーに尻をつけるとマルコが起ち上がった。部屋の隅の飾り棚の上には各種の酒のボトルが並んでいた。

「じゃああんたと同じものを」

矢能は言った。マルコは軽く頷《うなず》くと、フォアローゼズのボトルを手に取った。

「探偵さんにはこういう酒がお似合いなのかな？」

矢能はそれを無視した。マルコは肩をすくめて、二個のグラスとともに矢能の正面に腰を下ろした。バーボンをグラスに注ぐと、

「あなたが菱口組《ひしぐち》を離れたのは、偽装だって噂を聞いてたんですがね」

乾杯を促《うなが》すように自分のグラスを掲《かか》げる。

「デマだ」

矢能はグラスに手をつけなかった。マルコは鼻で笑った。

「いやいやいや。……じゃあなんで探偵なんかやってるんです？」

「そういう話をしに来たんじゃない。なぜ児嶋のためにカネを出すんだ？」

「あ？」

マルコの眼に微かな怒りの火が灯《とも》った。

「私はあなたを雇《やと》う側のはずなんだがね……」

「気に喰わないなら雇うな」

矢能は平然とマルコの視線を撥《は》ね返した。

「俺は別に雇われたがってるわけじゃない」

マルコの眼が険しさを増した。

「あなたの言ってることが真実で、本当にカタギになったというのなら、私に対する口の利き方に気をつけたほうがいい。私はいまでも現役なんでね」

「俺の質問に答えるのか、それとも馘首《クビ》にするのか、いますぐ決めろ」

矢能は言った。

「俺は児嶋が死刑になろうと、痛くも痒《かゆ》くもねえんだ」

「…………」

「なぜ児嶋の弁護にカネを出す？」

再度の矢能の質問に、マルコは大袈裟《おおげさ》に肩をすくめて見せた。

「どうやらあなたは、この仕事に最適の人材のようだ。いいだろう。あなたのペースで話を進めようじゃないか」

マルコは戯《おど》けるような笑みを浮かべた。

「もちろん、児嶋くんを救いたいからだよ」

「なぜ救いたいのかを訊いてるんだ」

矢能はマルコの回りくどさに苛立《いらだ》ちを覚えたが、今回は我慢することにした。

「まぁ、罪悪感、ってところかな……」

「あ？」

「私は彼がやっていないことを知ってるんだ。だが彼のために証言してあげることはできない。そのせいで彼は死刑になろうとしている」

「…………」

「だから彼には優秀な弁護士をつけてやろうと思った。冤罪事件や、警察の違法捜査絡みの案件に実績のある弁護士を捜し、鳥飼弁護士を見つけ出して資金面でのバックアップを約束した。せめてもの罪滅ぼしのつもりでね……」

「なぜ児嶋がやってないことを知ってるんだ？」

「松村保が殺された時刻に、私は児嶋くんと同じ場所にいたからだよ。コカインの詰まった袋の山に囲まれてね」

そういうことか。矢能は漸《ようや》くグラスの液体に口をつけた。

「普段ならそういうことはないんだ。児嶋くんと顔を合わせることなど滅多にない。だが、そのときはたまたま私もその場に居合わせてしまってね……」

「奴が余計なことをしゃべらないようにさせる見返りなんじゃねえのか？」

「いや、そうじゃない。私は彼の逮捕を知ったとき、すぐに手を打っていたんだ。彼が事件当時のアリバイを警察に話せば厄介《やっかい》なことになるのは目に見えていたからね」

マルコは苦々しげにグラスを干した。

「彼と一緒にいたショップを廃棄《はいき》して完全なクリーニングを施《ほどこ》し、麻薬犬の鼻が利かないように刺激性の薬品を散布させた。そして私はその日都内にはいなかったという完璧なアリバイを作り上げた。私は彼のアリバイを潰したんだよ」

マルコにしてみれば当然の反応だ。矢能はそう思った。

「だが警察はやって来なかった。児嶋くんがアリバイを主張しなかったからだ」

「…………」

「なぜだと思う？」

「さぁ」

「私にもわからん。やってもいない殺人容疑で逮捕されて、あきらかに無関係の場所にいたのに、なぜそれを口にしない？　迷惑を蒙《こうむ》るのは私であって彼ではないんだ」

「ああ」

「ヘタなことをしゃべれば、私の組織に殺されると思ったのかも知れない。あるいはそんなアリバイを主張したところで、私が認めるわけがないと思ったのかも知れん。だが、それでも児嶋くんの態度は賞賛に値するものだ」

「…………」

「それに比べて私は、児嶋くんの無実を誰より知っていながら、彼のアリバイを存在しないものに作り変えて、死刑の谷に向かって突き飛ばしたようなもんだ。我が身の安全だけを考えてね……」

マルコは自嘲めいた笑みを浮かべた。

「私は急に自分が情けなく思えてきてね……」

矢能には、目の前の男が嘘を言っているようには思えなかった。

「こんなセンチメンタルな理由じゃあ、あなたには納得してもらえないかな？」

「いや……」

これ以上この男に質問をする必要はないだろう。なにか有益な情報を持っているのなら、すでに鳥飼弁護士に伝えているはずだ。

矢能はグラスの残りを飲み干すとソファーから起ち上がった。

「仕事を始める」

歩き出した背中を声が追ってきた。

「児嶋くんは、最初からあなたの助けを求めていたそうだ」

マルコの声には訴えかけるような響きがあった。

「あなたなら必ず自分を救ってくれると信じてね」

「間違ってはいない」

矢能は重いドアを開けて、喧《やかま》しい音楽に身を晒《さら》した。

5

〈エル・ドラド〉を出て地上に戻ると、矢能はスマートフォンを取り出した。

「はい、工藤《くどう》ちゃんです」

「俺だ。矢能だ」

「これはこれは、お疲れさまでございます」

「いま六本木にいる。体空《あ》いてるか？」

「へへっ、矢能さんのご指名とあれば、いつだって空いてるに決まってるじゃあないですか」

工藤という男は、神戸《こうべ》に本家がある日本最大のヤクザ組織菱口組の四次団体の組長で、六本木に事務所を構えている。ヤクザだったころの矢能の兄弟分の若衆なので、工藤にとって矢能は叔父貴ということになる。矢能が引退してからもつき合いのあるヤクザ者は工藤しかいなかった。

「晩メシ済まされました？」

「いや」

「ではお任せいただいてもよろしいですよね？」

頬に微かな雨の粒を感じたが、矢能はそれを無視した。


工藤が指定してきたのは六本木交差点にほど近い、六本木通りに面したビルの地階にあるダイニングバーだった。ビストロ風メニューがウリの店らしい。料理の注文は工藤に任せて矢能はビールを飲んでいた。ウェイトレスが下がると工藤がジンジャーエールのグラスを合わせてくる。工藤は酒を飲まない男だ。

「で、きょうはなにごとです？」

「俳優と女の歌手が殺された事件、お前なにか知ってるか？」

「どしたんスか？　ミーハーなこと言っちゃって……」

「仕事だ」

「え？　ど、どーゆーことスか？」

矢能はこれまでの経緯を簡単に説明した。そうしないと、いつまでも変な勘繰りを入れてくるに決まっているからだ。

「いやぁ、面白いっスねえ。矢能さんが殺人事件の捜査をするなんて……」

「調査だ。捜査ってのは刑事《デカ》のやることだ。なんか知ってるのか？」

「まぁ会う奴会う奴、テレビじゃ言ってねえ情報を披露してくるか、その手の話を俺から手に入れようとしてくるかのどっちかでね……」

「どんな情報だ？」

「まぁどれも他愛もねえ酒の席での噂話のたぐいですよ。でも、たしかにパクられた児嶋って野郎は真犯人《ホンボシ》じゃねえって話もいくつかありましたね」

「理由は？」

「一つは児嶋はそんな度胸がある野郎じゃねえってヤツで、自称児嶋のダチってえのが言ってました。もう一つは、松村が殺されたのはコカイン使って女優やらグラビアアイドルやらを喰い散らかされた大手芸能事務所による制裁だっつうヤツで、まぁ、よくある素人の当て推量ってえレベルの話ですね」

「ガスのことは話に出てないのか？」

「ガス？　誰です？」

「おそらく真犯人《ホンボシ》だ。ヤクの過剰摂取で事件の数日後に死んでる」

「マジすか？　いやぁ、いい話っスねえ……」

工藤は楽しんでいた。矢能は鳥飼弁護士から渡されたファイルの中にあった、ガスこと西崎の写真を見せた。

「こいつだ。どっかの裏カジノで働いてたらしい」

「あれ？　こいつ足を片っぽ引きずってる野郎じゃないスか？」

「さぁ」

それは貰った資料には書かれていなかった。

「そうだとすれば磬政会系のカジノですね。清武組《きよたけ》の志村《しむら》ってえのが仕切ってる賭場《どば》です」

清武組といえば赤坂《あかさか》に事務所を構える磬政会系の三次団体だ。だが志村という名前に心当たりはなかった。矢能は、鳥飼弁護士の調査員が入手した河村の写真を工藤に手渡し、

「じゃあこいつは？　河村隆史、ガスのダチだ」

四十前後の浅黒い肌をした、厳《いか》つい顔つきの男だ。暴力の世界で生きてきた男の顔だった。

「強盗で実刑喰らって、いまは仮釈中だ。ヤクザ者の庇護《ひご》を受けてる可能性が高い」

工藤は写真をジッと見つめ、首を横に振った。

「こいつを追ってるんですね？」

「ああ、そいつを取っ捕まえるのが俺の仕事だ」

「やっぱ清武組じゃないスか？　ちょっと周《まわ》りに当たってみますよ」

工藤が写真をテーブルに置きスマートフォンをかざす。シャッター音が鳴った直後にトリッパの煮込みとエスカルゴの香草焼きがテーブルに届いた。矢能は食事に専念することにした。


タクシーで中野に戻る途中にスマートフォンが鳴り出した。情報屋からだった。

「なんだ？」

「シオリンはちゃんと八時までに部屋に送り届けたぜ。これから飲まねえか？」

「どこだ？」

「末広《すえひろ》通り。じゃあな」

返事も聞かずに電話が切れた。矢能は運転手に行先の変更を告げた。

店に入るとカウンターの中の髭の親父にテキーラを注文し、メキシカンなスタイルのバーの隅のボックス席に向かう。

「マルコと会ったのか？」

情報屋はフリホーレスをツマミに中米産のビールを飲んでいた。矢能は頷いて情報屋の正面の椅子に腰を下ろした。

「どんな野郎だった？」

「問題ない」

「なんか面白《おもしれ》え話はねえのかよ？」

「児嶋はシロだ」

「間違《まちげ》えねえのか？」

「マルコが児嶋のアリバイだ」

犯行時刻にマルコが児嶋と一緒にいたことと、マルコがスポンサーになった理由を話した。

「くぅーっ。泣かせる話じゃねえかよ」

情報屋は心にもないことを言って笑った。

届いたテキーラには、いつも通りレモンと塩とチェイサーのコロナビールが添えられていた。矢能はくし切りのレモンを搾るように齧《かじ》ると、ショットグラスのテキーラをひと息に呷《あお》った。

「で、これからどうすんだ？」

情報屋は瓶のままビールをラッパ飲みした。

「清武組の志村っての知ってるか？」

矢能は少し塩を舐めてからコロナで口を漱《すす》いだ。

「知らねえ。そいつがなんだ？」

「裏カジノでガスを使ってた。事件のことはともかく、河村のことを知ってる可能性はある」

「そんなもん、知らねえって言うに決まっててんじゃねえかよ」

「ああ」

「そいつが河村を匿《かくま》ってるにしろそうじゃねえにしろ、知らねえって言っときゃあ損はねえんだからよ……」

「なんとかする」

「またなんかトラブル起こしそうな予感がするぜ」

「それも仕事のうちだ。栞を養っていかなきゃならないんでな……」

「だったらもっと安全な稼ぎ方もあんだろうがよ」

「俺に向いてる仕事は少ない」

矢能は煙草に火をつけた。

「じゃあシオリンの問題はどうすんだ？　マジでかなり落ち込んでるぞ」

「知ってる」

「なんとかしてやれよ。まがりなりにも父親なんだからよ」

「我慢しなきゃならないってことを教える」

「なに言ってんだよ！」

情報屋が声を荒らげた。

「シオリンはいつも我慢してんだよ。もう充分だってえくらいなにもかも我慢してんだぞ」

そんなことは知っている。矢能はそう思った。

栞は、独りで起きて自分で朝食の用意をして学校に行く。学校から戻ると事務所に矢能と二人でいるが、矢能が上手く栞と向き合えているとは思えない。矢能が出かけると栞は独りになる。独りで食事をして独りでＴＶを見て独りで風呂に入って独りで寝る。とても幸せな小学三年生とは呼べなかった。

そんな栞にとって美容室のおねえさんとの時間はかけがえのないものなのだろう。矢能にもそれは理解できる。だが……。

「俺になにができる？」

矢能は言った。近い範囲の美容室で、スタッフの募集をしていないか調べて回れってのか？

「つたくお前《めえ》はなんにもわかっちゃいねえな……」

情報屋が言った。

「シオリンが求めてるのは、美容室のおねえさんなんかじゃねえんだ」

「あ？」

「そのおねえさんそのものだ。美容室なんか関係《かんけえ》ねえ」

「…………」

「シオリンが欲しいのは母親なんだよ。そんなこともわからねえのか？」

「栞がそう言ったのか？」

「言わねえよ。シオリンはそんなこと言わねえんだよ。だけどそうなんだよっ！」

「…………」

「シオリンはおねえさんに美容室じゃなくて同じ家にいて欲しいんだよ。だからこれは、逆に絶好のチャンスなんじゃねえかよ」

「どうしろってんだ？」

「お前《めえ》の嫁にしちまえってんだよ。それでシオリンはいまよりずっと幸せになる」

「ど、どうやって？」

「知らねえよ。子供じゃねえんだからよ、てめえの才覚でなんとかしろよ」

「…………」

「とりあえず、今後の相談に乗る、とか言ってメシに誘え。そんで酒をガバガバ飲ませろ。そうすりゃ場面も変わってくっから……」

「そういうのは俺には向いてない」

「なんだとこの野郎！　向いてねえことは一切やらねえってえのか？　おう⁉」

情報屋の眼は血走っていた。

「いいか、向いてねえことに頑張るのを努力ってえんだ。努力しろよ！」

「俺に説教をするな」

「いいや、するね。シオリンのために努力しろっつってんだよこの野郎！」

「酔っぱらってんのか？」

「酔っちゃいるかも知んねえが、ぱらっちゃいねえ。俺は素面《しらふ》のときでも同じことを言うぞ。どうすりゃあシオリンが幸せになるかがわかってんのに、それをやらねえってんなら俺ぁ出るとこに出るよ。さぁどうだ！」

「わかったよ……」

矢能は仕方なくそう言った。

だがそれは、俺にとっては児嶋を死刑から救うよりも厄介な仕事だ。そう思った。

6

警視庁捜査一課第四強行犯捜査・殺人犯捜査六係の砂川佑《たすく》警部補は、係長の中尾《なかお》警部とともに中央合同庁舎六号館にある東京地検に呼ばれて来ていた。

「なぜ児嶋を落とせなかったのかね?」

金山《かなやま》検事が言った。児嶋の事件の公判立会担当検察官だ。

「凶器も出てない、目撃者もいないじゃあ、自供ぐらいつけてもらわないとね……」

「児嶋ってのは強《したた》かな野郎でね。十三の歳から犯罪でメシ喰ってきたクズですから」

砂川は言った。

「それに早々に例の鳥飼ってえ女弁護士が出張ってきましてね、冤罪だぁ、違法捜査だぁっていちいち横槍入れてくるんで、こっちゃあやりにくくってしょうがない」

「その鳥飼弁護士と法廷で争うのは私なんだぞ」

金山検事の声には苛立ちが込められていた。

「けど、まさか裁判で引っくり返されたりはせんでしょう？」

砂川と並んで座る中尾警部が言った。

「これは最高裁まで行く案件なんだぞ。仮に一審での有罪判決を勝ち得たとしても、もし最高裁で引っくり返されたら私の立場はどうなる？」

「あのね、そういうことは我々にじゃなくて、横澤《よこざわ》さんに言って下さいよ」

砂川は言った。横澤というのは、児嶋の事件の捜査指揮に当たった検察官だ。

「横澤さんはもうじき退官して弁護士に転身だ。お気楽なもんだよ」

金山検事は吐き捨てるように言った。

こいつは次席検事へ、検事正へ、更には検事長へ、なんていう検察組織内での立身出世を強く望んでいる野郎だ。砂川はそう思った。

「なにが心配なんです？」

中尾警部が言った。

「児嶋はクロで間違いないんだな？」

金山検事は砂川の眼を見据えて言った。

「当たり前じゃないですかッ」

砂川は語気を強めた。

「いまさらなにを言ってんだか……」

「私は児嶋に死刑を求刑するんだ。慎重にならざるをえんだろう」

「いいかい検事さん、俺らは殺害の動機を持つ人物を見つけ出して家宅捜索《ガサ》をかけた。そしたらそいつの部屋から、マル害が殺される直前まで身につけてたことが確認されている腕時計とネックレスが出てきた。しかもそいつは、犯行時刻にどこにいたのか、という質問に答えられない。これがクロじゃなくてなんだって言うんです？」

「児嶋は西崎という男からもらったと主張している」

「ええ、直前に死んだ野郎にね。マズいことはなんでも死んだ人間におっ被せちまう奴らのいつもの手じゃないですか」

「だが児嶋は、西崎が死んだことを知った途端に、矢能という男を呼べと言ったそうだな？」

「ああ、弁護士の名前かと思やぁ探偵だって言うんで、そんな戯言《たわごと》は弁護士に言えって怒鳴りつけてやりましたよ」

「なぜ児嶋は探偵なんか呼ぼうとしたんだ？」

「知りませんよ。娑婆《シャバ》でやり残したことでもあったんじゃないんですか？」

「私はすでに鳥飼弁護士とは何度も顔を合わせているが、彼女の、児嶋の無実を確信している様子に若干《じゃっかん》の懸念《けねん》を抱いていてね……」

「あの女に言わせりゃあ、世の中の事件は全部冤罪なんでしょうよ」

「公判でいきなり隠し玉でも出されるとマズいことになる」

「なんにもありゃあしませんよ」

「鳥飼弁護士はきのう、矢能という探偵の事務所を訪ねている」

「え？」

中尾警部が眉を顰《ひそ》めた。

「監視をつけたんですか？　いいんですかそんなことして？」

「たまたま所轄の捜査員が目撃したんだ」

金山検事は平然と言ってのけた。

「それがたまたま検事の耳に届いた、と？」

砂川は皮肉な笑みを浮かべた。

「何者ですか、その矢能ってのは？」

中尾警部が訊ねる。

「元ヤクザだそうだ」

金山検事は無表情に言った。

「へっ、ヤー公くずれごときがなんだってんです？」

砂川は鼻で笑った。

「念には念を入れたくてね、矢能という男に詳しい組対《そたい》四課の人間を呼んである」

警視庁組織犯罪対策第四課は、通称マル暴と呼ばれる組織暴力団対策の専門部署だ。金山検事は背後を振り返ると、検察事務官に頷いて見せる。

検察事務官がドアを開けて部屋を出ていくと、すぐに見るからに下品そうな二人の男が入ってきた。どちらも顔を見たことはあるものの、名前を知らないデカだった。

横目でチラッと砂川と中尾警部を見たっきり、挨拶を寄こしもしない。

「で？　なにごとですか？」

腹を空《す》かせたキツネのようなツラをした四十代後半のマル暴が言った。

「あなた方は、矢能政男という人物をよく知っていると聞いたんだが……」

金山検事が言った。

「矢能⁉」

二人のマル暴の眼が険しくなる。

「あのクソ野郎、事件になんか噛んでやがったんで？」

頭の悪そうな魚類のようなツラをした四十代前半のマル暴が声を荒らげた。

「あの俳優殺しの一件、矢能の野郎が裏で絵ェ描いてたんですね？」

キツネが身を乗り出す。

「ってことは被告の児嶋ってのは真犯人《ホンボシ》じゃなくて、矢能が犯人に仕立て上げやがったんだな」

魚類が納得したように頷いた。

「先走るんじゃない！」

金山検事は、マル暴コンビの過剰な反応に戸惑っていた。

「いったいその男は、どういう奴なんだね？」

「悪党ですよ。筋金《すじがね》入りのね……」

キツネが吐き捨てた。

「探偵なんじゃないのかね？」

「そんなもんは隠れ蓑《みの》だ。あの野郎が菱口組を離れたのだって、偽装に決まってる」

魚類が言った。

「菱口組での序列は？」

「菱口組三万人の上から四、五枚目の座布団に座ってた笹健《ささけん》の側近だったんで、まぁ三次団体の組長クラスでもかなり上のほうってとこでしょうかね……」

キツネが答えた。笹健というのは、菱口組本家の若頭補佐を務めていた笹川健三《ささがわけんぞう》のことだ。すでに組を解散して引退し、現在は刑務所での長期刑に服しているが、彼の組織は笹健組から笹尾《ささお》組へと名称を変更して継承されていた。

「矢能自身はてめえの組を持たずに、笹健組全体に関わるトラブルの処理に当たってたらしいんですがね……」

「優秀な人間だということかね？」

金山検事の問いかけに、マル暴コンビは顔を見合わせて笑った。

「あの鶴丸《つるまる》代議士も、ずっと矢能にハメられたって言い続けてますよ」

キツネが言った。それは現職国会議員が殺人と死体遺棄の容疑で逮捕されるという前代未聞の衝撃的な事件で、一審での有罪判決を不服として被告側が控訴している。

「それに、ちょっと前に菱口組系の燦宮《さんぐう》会で跡目争いに絡んだ内紛が勃発《ぼっぱつ》したときにも、矢能が関わった途端に幹部の一人が行方不明、一人が自殺、一人が破門ですわ」

魚類が言った。

「詳しいことは掴めちゃいねえんですが、裏で矢能が糸引いてるこたぁ間違いねえ」

「とにかく悪巧みに関しちゃ天才的な野郎なもんでね……」

キツネが言った。

「…………」

金山検事は、不安げな表情のまま黙り込んでしまった。

「だからなんなんです？　矢能はこの件にどう絡んでるってんですか？」

キツネが言った。金山検事はそれを無視して、中尾警部と砂川に眼を向けた。

「どう思う？」

「児嶋は、その男にアリバイの偽装工作でも依頼したんじゃないですかね？」

砂川が答えた。

「ああ、それなら児嶋がいままで一切アリバイを主張していない点も説明がつく」

中尾警部が言った。通常の被疑者はアリバイがなくても、部屋で独りで寝ていた、などと言い張るものだ。誰にも証明はできないが、否定することもできないからだ。

少なくとも、犯行時刻にどこにいたのか、という質問に答えられないよりはずっとマシだ。しかし児嶋は全くアリバイを主張していない。その点は砂川も気になってはいたのだ。

「矢能は、児嶋の依頼で動いてんのかい⁉」

魚類が鼻息荒く言った。金山検事は頷きを返し、

「昨日、児嶋の弁護士と接触している」

「ほう」

キツネが薄笑いを浮かべた。

「だったらアリバイ工作どころか、別の犯人をでっち上げるぐらいやりかねんなぁ」

「ガンで余命僅《わず》かなヤクザ者《もん》に因果《いんが》含めて自首させるのなんて朝飯前だ」

魚類が言った。

「…………」

再び金山検事が黙り込んだ。

「なんなら速攻でパクっちまいましょうか？」

キツネが言った。

「なんの容疑でだ？」

「そんなもん適当に見繕《みつくろ》っときますよ」

魚類が言った。

「いや、いかん。これ以上冤罪だ、違法捜査だと騒がれる案件を抱えるわけにはいかない。矢能になにもさせないだけで充分だ」

金山検事はマル暴コンビを汚物を見るような眼で見ていた。

「矢能がなにをしようとしているかを突き止めて、それが児嶋を無罪にしようとする偽装工作ならば阻止していただきたい。あなた方の上司には私のほうから話を通しておきます」

まるで問題児を諭《さと》すかのように言った。

「わかりましたよ。びっちりあの野郎をマークして、身動きできねえようにしてやりますよ」

キツネが言った。

「俺たちゃあのクソ野郎に嫌がらせすんのが大好物なんでね」

魚類が言った。

マル暴コンビは楽しそうに笑っていた。

第2章

犯罪組織

1

「工藤でございます」

その電話がかかってきたのは、矢能が目を覚ましはしたものの、起き出そうかもう少し眠るべきかを決められずにいたときだった。時刻は正午を過ぎていた。

「なんだ？」

「やっぱりガスってのは、志村のカジノでディーラーやってた野郎でした」

「そうか」

「そんで、志村を突つくんだったら外崎《とざき》を通すのがいいんじゃねえかと」

「燦宮会の外崎か？」

「ええ、刑務所《ムシヨ》で一時期一緒だったそうで……」

「河村のことは？」

「いや、まだなにも……」

「わかった」

「今回は運転手はいらねえんですか？　なんなら一人回しましょうか？」

「なんだ、やけにサービスがいいな」

「ウチの若い者《もん》も、矢能さんのお側《そば》で修行させようかと思いましてね」

「なんの修行だ？　俺はカタギだぞ」

「以前お世話になった、篠木《ささき》でいいですか？」

「もうちょっとマシなのはいねえのか？」

「へへっ、もうちょっとマシなのには、もうちょっとマシな仕事があるんですよ」

「……すぐに寄越してくれ」

矢能は電話を切った。そのまま外崎の携帯に電話を入れる。矢能が出会ったときは燦宮会佐村《さむら》組の若頭だった男だが、その後に二代目佐村組の組長になっている。

「はい外崎」

ヤクザ者《もん》らしい物言いだった。

「俺だ。矢能だ」

「あ、どうもご無沙汰しておりますっ」

外崎が弾んだ声を出した。

「組長の椅子はどうだ？」

「へへっ、まぁなんとかやってます」

「清武組の志村ってのと知り合いなんだって？」

「ああ、テツですか？　府中《ふちゅう》の第四工場で一緒でした。あいつがどうかしました？」

「会って話がしたい。繋《つな》いでくれるか？」

「なんか揉めごとで？」

「いや、揉めずに話がしたいだけだ」

「じゃあ連絡入れてみます。そちらに伺わせればよろしいですかね？」

「こっちから出向く。都合のいい時間と場所を訊いてくれ」

「わかりました。それと、近々メシでもご一緒願えませんかね？」

「断る」

電話を切った。

身繕《みづくろ》いを済ませて事務所を出た。

二階に矢能探偵社の事務所が、六階に矢能と栞の住まいがある古いビルの向かいの汚い中華屋でメシを喰って事務所に戻ると、事務所のドアの前に篠木が立っていた。

「お疲れさまですッ」

篠木が大声とともに腰から体を折って深々と頭を下げる。無駄にガタイがよくて頭の悪そうなツラをした、実際に頭の悪い野郎だ。三十前後の厳《いか》つい坊主頭には中学生が詰まっている。

「待たせたか？」

矢能は訊ねた。

「いえ、たったいま来たとこで……」

篠木はまた深々と頭を下げた。

「出かけるぞ」

車のキーを渡して歩き出す。篠木は黙って矢能のあとに従った。

矢能にとって運転手が必要なわけではなかった。ただ、行く先々でいちいち駐車場を探すのが面倒なので、路上駐車するためには誰かを運転席に座らせておかねばならない。篠木はそのためだけに呼ばれていた。篠木本人もそのことは承知している。

コンクリート製の外階段を下りて一階の駐車場に入り、奥に駐めてある矢能のレクサスのほうに歩いていくと、近くに駐まっていたセダンの両側のドアが同時に開いて二人の男が出てきた。組対《そたい》四課のマル暴コンビだ。

「おうおうおう矢能ちゃんよお、今度はなに企んでんだ？」

マンボウ顔が言った。

「お前のせいで、余計な仕事が増えちまったぞ」

キツネ顔が言った。

「なんの話だ？」

矢能は足を止めた。

「おっ、こっちの若え衆《わけし》は工藤ンとこのボンクラじゃねえかよ」

マンボウ顔が篠木の耳たぶを摘《つま》んで引っ張る。篠木は仏頂面《ぶっちょうづら》で頭を振ってマンボウ顔の指を引き剝《は》がした。両手は腰の後ろで組んでいる。ヘタに手で振り払うと、公務執行妨害でパクられかねないからだ。

「ヤクザ者《もん》とツルんでなにやってんだ？」

キツネ顔が矢能の眼を覗き込む。

「こりゃあ暴排《ぼうはい》条例で言うところの密接交際者ってヤツだな」

マンボウ顔が下卑《げび》た笑みを浮かべた。

「なんの用だ？」

矢能は言った。

「お前が悪さをしねえようにお守《も》りしてろって仰《おお》せつかっちまってなぁ」

キツネ顔が言った。

「あ？」

「児嶋の裁判の検察官がビビりまくってたぞ」

マンボウ顔が言った。矢能は踵《きびす》を返してレクサスに向かった。足音で篠木がついて来ているのがわかった。背中にマンボウ顔の怒鳴り声が飛んできた。

「これからはてめえがどこにいようと、俺たちの眼が光ってることを忘れんなよ！」

それを無視してレクサスの助手席に乗り込む。

篠木の運転でレクサスが走り出した。視界の隅に、マル暴コンビが慌てて車に戻るのが見えた。

「どちらに？」

篠木が言った。

「信濃町《しなのまち》だ」

矢能は煙草に火をつけた。中華屋でメシを喰っているとき外崎から折り返しの電話があり、清武組の志村とは信濃町界隈の裏通りにある板金塗装屋で会うことになっていた。夕方まではそこにいるので、そのあいだならいつでもいい、とのことだった。

手帳を見ながら、書き留めておいた板金塗装屋の電話番号をカーナビに打ち込む。

「あの、ちょっといいですか？」

篠木が言った。矢能が眼を向けると、

「なんで足を洗った矢能さんに、マル暴が絡んでくるんです？」

「さあな……」

会話はそれきりで終わった。スマートフォンを取り出し、鳥飼弁護士の携帯に電話をかける。

「俺だ。矢能だ」

「どうも。お仕事は順調？」

「あんた、警察《サツ》に監視されてるぞ」

「えっ？　どういうこと？」

「俺があんたに依頼されたことをサツは摑んでる」

「どうしてそれがわかるの？」

鳥飼弁護士は訝《いぶか》しげな声を出した。

「いま俺にマル暴が二人張りついてる。児嶋の裁判の検察官の指示らしい」

「…………」

どうやら彼女は、矢能の言葉を信じてはいないようだ。

「仕事を降りたいって言ってるわけ？」

「いや、こっちはなんとかする。あんたのほうも、電話の盗聴には気をつけろ」

「あのね、弁護士の電話を盗聴するなんて大問題なのよ。いくらなんでも――」

「だが現実にそういうことが起きるってことは知ってるはずだ。とにかく用心しろ」

電話を切った。


板金塗装屋の前に着くと、路上に駐めた車に篠木を残して作業場に入っていった。マスキングされた車の脇にいるゴーグルにグレーのマスクの二人の作業員の他に人の姿はなかった。辺りには有機溶剤の鼻を刺す臭いが強く漂っている。矢能は作業場の奥のドアを開けて中に入った。

「志村さんはこちらだと聞いてきたんだが……」

事務所スペースのデスクにいた中年女性に声をかける。食べかけのロールケーキを皿に置き、口の中のものを飲み込みながら起ち上がった事務員が奥のドアに向かう。ノックもせずに中に入ると、すぐに出てきてドアを大きく開けて矢能を通した。部屋に入ると古びた応接セットに二人の男がいた。

一人は六十過ぎの作業服姿の太った男で、おそらくここの経営者なのだろう。もう一人はいかにもいまどきのヤクザといった雰囲気のカジュアルな服を着た四十前後の男だ。

「矢能さん？」

手にした書類をテーブルに置いた志村と思しき男が言った。矢能は頷き、

「時間を取らせて申しわけない」

そう言った。相手の男は矢能を値踏みするかのように見つめていた。

「まずはそちらがヤクザなのかカタギなのか、はっきりさせてもらえますか？」

「カタギだ」

「噂と違って、本当に足を洗ったってわけですか？」

「ああ」

「で、いまは探偵？」

「そうだ」

「どうぞ」

志村は自分の正面のソファーを矢能に勧めた。経営者と思しき男は、ソファーから起ち上がると「どうぞごゆっくり」と言って部屋を出ていった。

「で、ご用件は？」

矢能が腰を下ろすと志村が言った。どこか警戒している様子が窺《うかが》えた。

「あんたのカジノで働いてた西崎貴洋のことを調べてる。ガスと呼ばれていた男だ」

矢能はそう切り出した。河村を捜していると言ってしまうと、それが本人に伝わった場合飛ばれてしまう虞《おそ》れがあるからだ。

「奴ならくたばったよ」

「ああ。だからガスと親しかった人間から話を聞きたい。誰か知らないか？」

「野郎のなにを調べてんです？」

「児嶋の事件の絡みだ。俺は児嶋の弁護士の依頼で動いてる」

この部分は正直に言った。嘘は極力限定的なものにしておかなければならない。

「どういうことです？」

「ニュースで見て知ってるだろうが、児嶋は被害者が奪われた品はガスからもらったと主張してる。裁判に当たって、それがただの言い逃れなのか、あるいはなんらかの信憑性《しんぴょうせい》のあるものなのかを見極めたいと弁護士は言ってるんだ」

「なるほどねえ」

「こうやって、カタギじゃない人間からも話を聞いて廻らなきゃならん。だから俺が雇われた」

「まぁ、ジュンちゃんがお世話になってる人だって聞いてるし、お役に立ちてえのはヤマヤマなんですがね……」

外崎の下の名前など知らなかったが、外崎と志村がテツ、ジュンちゃんと呼び合う仲なのはわかった。多少の無理は通せそうな気がした。

「俺はあの野郎のことなんか、なんにも知らねえんですがね」

「ガスを雇う際に、誰かの紹介があったはずだ。誰の紹介だ？」

「さぁ、誰だっけな……。いちいちそんなの覚えてねえなあ……」

「じゃあ同じカジノで働いてた連中に会わせてほしい。店がヒマな時間にでも……」

「うーん。いくら組を離れたとはいっても、菱《ひし》の系統の人に店ン中ウロつかれたかぁねえなあ……」

「じゃあどんな形ならいいんだ？」

「はっきり言って、お力にゃなれねえってことで……」

志村は、話が終わったことを告げるかのように笑みを浮かべた。

「太い客を紹介してやることはできるぞ」

矢能は言った。

「え？」

「頭のイカれた博奕《ばくち》狂いの金持ちなら何人か知ってる」

「………」

「力になってくれる気になったか？」

「ちゃんとした客を世話してくれるってえ保証は？」

「保証ってなんだ？　俺を疑ってんのか？」

「こっちも素人《とうしろ》じゃねえんだ。空手形《から》で踊らされるわけにゃいかねえ」

「なんだとこの野郎。俺を口先だけのペテン師野郎だって言ってんのか？」

「いや、そうは言ってねえけど……」

「だったらなんだ？　俺の口約束じゃ不足だってのか？」

「あんた、カタギじゃなかったのかよ？」

志村の顔に動揺が見て取れた。

「それがどうした？　カタギだったら嘗《な》められても下向いてろってのか？　あ？」

「あんまり調子に乗らねえほうがいいぜ。燦宮会の理事に取り立てられたばっかりのジュンちゃんにまで、迷惑がかかっちまうかも知んねえよ」

「じゃあいますぐ外崎をここに呼べ」

「…………」

「それとも燦宮会会長の二木《ふたつぎ》の爺さんをここに呼んで、俺がペテン師かどうか訊いてみるか？」

「いえ……」

「だったらどうすんだ？　人をペテン師呼ばわりしといて手ブラで帰れってんなら、こっちにも覚悟があるぞ」

「ど、どうすりゃいいんです？」

そのときドアの外で「やめて下さい！」という女の事務員の声がした。直後にドアが開いた。

マル暴コンビが立っていた。

2

「なんでえ、シムテツじゃねえかよ」

薄笑いを浮かべたマンボウ顔が志村の隣に座り込んだ。

「菱口組と磐政会が顔を揃えてなにやってんだ？」

キツネ顔はテーブルの端に尻を載せた。

「どういうことなんだよッ⁉」

志村が矢能に怒りの眼を向ける。

「さあな……」

矢能は煙草に火をつけた。

「とぼけんじゃねえよ！　あんたなに企んでんだ⁉」

「なにも」

矢能は肩をすくめた。

「マル暴《こいつら》が、勝手にはしゃいでるだけだ」

「生意気なこと吐《ぬ》かしてんじゃねえぞこの野郎！」

マンボウ顔が言った。矢能は無言で煙を吐き出した。

「こいつになにを頼まれた？」

キツネ顔が志村に訊ねる。

「矢能になんか依頼されたんだろ、児嶋の件で？」

「令状《フダ》は持ってんのかよ？」

志村がキツネ顔を睨《にら》みつけた。かつてヤクザとマル暴は、ある意味持ちつ持たれつの関係を築いていたのだが、暴対法の施行以降は明確な敵対関係が続いている。

「うるせえよ。文句があるんだったら訴えてみろ」

マンボウ顔が言った。

「警視庁を告訴してみろよ。てめンとこの組長《オヤジ》が小便《しょんべん》チビるような目に遭わせてやっからよお」

「…………」

「答えろ。矢能になにを頼まれた？」

キツネ顔が言った。

「いい子にしてねえと、そのソファーの隙間《すきま》から覚醒剤《シャブ》の袋《パケ》が出てきたりするぞ」

「ガスって野郎のことを訊かれただけだ。親しかった奴を教えろって……」

観念したように志村が言った。

「それで？」

「俺はなんにも知らねえって答えた。それだけだ」

「てめえ隠し事しやがるとタダじゃおかねえぞ」

マンボウ顔が志村の眼を覗き込む。

「嘘じゃねえ。本当にそれだけだ。もう帰ってくれ」

「こいつが帰れば俺たちだって帰るさ」

キツネ顔が矢能を顎《あご》で示した。

「だったらとっとと帰れ」

志村が矢能に言った。矢能はくわえ煙草で起ち上がり、

「お前はヤワだ。ちょっと脅されればすぐにウタっちまう」

志村に言った。

「また会いに来るぞ」

ドアに向かって歩き出す。

「二度と来るなァ！」

志村の叫び声が追いかけてきた。

レクサスに戻ると、篠木が不安げな顔を向けてきた。

「あの、大丈夫でした？」

「なにが？」

「デカが入っていくのを見て、電話入れたほうがいいのかどうかわかんなくて……」

「お前にはなにも期待してない。出せ」

車が走り出す。

「どちらへ？」

「とりあえずデカい通りに出ろ」

最初の角を右折して二ブロック直進すると外苑東通りに出た。

「ついて来てるか？」

篠木に訊ねる。

「ええ、四、五台後ろにいますね」

ミラーを覗いて篠木が言った。矢能は前方の信号機のタイミングを見ていた。

「次の信号、赤になっても突っ切れ」

レクサスは、交差点を黄色信号で通過した。フェンダーミラーを覗くと、すぐ後ろの車まではついて来ていたが、その後ろの車は赤信号で停止していた。

「次を左折したらすぐに停めろ」

その角にはドトールコーヒーの看板が出ていた。

停車するとすぐに矢能は助手席から降りた。

「お前はこのまま走り続けろ」

「え？　ど、どこに？」

篠木はわけがわからないという顔をしていた。

「首都高に乗ってグルグル回ってろ」

ドアを閉めるとレクサスが走り出す。

矢能はドトールに入るとガラス越しに外を見ていた。やがてマル暴コンビを乗せたグレーのマークXが左折してきて走り去っていった。

そのまま店を出ると、矢能は右手を上げてタクシーを停めた。

「うわッ！」

志村が大声を出した。ソファーから飛び上がりそうなほど驚いていた。

「また会いに来ると言っといたろ？」

矢能は志村の正面のソファーに腰を下ろした。

「二度と来るなって言ったぞ！」

「デカどもに言ったんじゃなかったのか？　心配するな、あいつらはもう来ない」

「もう、勘弁してくれよぉ……」

志村は泣きそうな顔になっている。

「いいか、児嶋は無実だ。裏も取れてる」

矢能は言った。

「だがサツに知られちゃマズい場所にいたんで、身の証《あかし》を立てられずにいるんだ」

「え？」

「サツは世間が大騒ぎしてる事件を早期解決してドヤ顔してた。だが裁判が近づいてくると検察がビビり始めた。直接的な証拠がなに一つないからだ」

「…………」

「もし裁判で引っくり返されたら大恥をかくことになる。サツも自分らの手柄は手柄のままにしておきてえ。だから弁護側のために動いてる俺を妨害してる」

「お上《かみ》はてめえらの都合で無実の人間を死刑にしようとしてるんだ。前科者や悪党がどうなろうと知ったこっちゃねえと思っていやがる。お前はそんな奴らの味方をするつもりか？」

「俺はただ、迷惑をかけられたくねえだけだ」

「お前が役に立つ情報をくれれば、俺は二度と現れない。お前にも清武組にも絶対に迷惑はかけない」

「もう充分迷惑してんだけどな……」

志村はため息をついた。

「こんなもんは迷惑のうちに入らねえ。本当の迷惑ってもんを教えてやろうか？」

矢能は言った。

「反目《はんめ》に廻るってんなら、俺はお前にとって恐ろしく迷惑な存在になるぞ」

「お、脅してんのか？」

志村の表情に怯えが走った。

「お前次第だ。ソファーの隙間に袋《パ》突《ケ》っ込むのはデカにしかできねえとでも思ってんのか？」

「…………」

「俺はサツの知らねえことも知ってるぞ。なんならマル暴のバカを引き連れて、お前のカジノに乗り込んでやろうか？」

「ガスには女がいた」

「あ？」

志村は、矢能と揉めてもなにもいいことがないと察したようだ。お土産を持たせてとっととお引き取りを願うことにしたらしい。

「なんて名だ？」

「知らねえ。ただ、看護師だってことは知ってる」

「どこの病院だ？」

「そんなのいちいち知らねえよ。ガスはウチのカジノで働き出して、最初しばらくはドアマンをやらせてた。ある晩、負けが込んで荒れてる客の癇《かん》に障《さわ》ったんだろうな。突き飛ばされて、階段から転げ落ちた」

「…………」

「俺が見に行ったとき、膝が真逆に曲がっててゾッとしたぜ……」

ガスが足を片方引きずっていたというのはそのせいなのか。矢能はそう思った。

「そんで救急車で運ばれて、入院してたときに担当だった看護師とデキちまったたって話を、俺はだいぶあとになってから聞いたよ。まぁどのくれえ続いたのかは知らねえけど……」

「それはいつごろのことだ？」

「えーと、もう二、三年は経つんじゃねえかな。まぁ労災みたいなもんなんで、費用は全部ウチで持ったし、障害が残るって話だったんでリハビリ期間中に修行させて、稼ぎのいいディーラーに引き上げてやったんだ。向いてたんだろうな、あいつはよくやってた」

「その、ガスを突き飛ばした客ってのは、殺された松村保じゃないのか？」

もしそうなら充分な動機になり得る。

「いや違う。芸能人御用達《ごようたし》の歯医者だ。きっちり賠償金取ってちゃんとガスに渡したぜ。ガスがクスリに手を出すようになったのも、そんときの怪我の後遺症のせいだと俺は踏んでる」

「ガスの女のことは誰に聞けばわかる？」

「さあ、誰も知らねえんじゃねえかな。ガスは無口な野郎だったたし人づき合いが苦手なタイプだったからな。くたばっちまったって聞いたとき俺もウチのスタッフの連中に訊いてみたけど、誰一人あいつのプライベートな部分を知ってる奴はいなかった」

「女の他に、ガスと親しかった人間はいないのか？」

「いたのかも知んねえけど、それを知ってる奴を俺は知らねえ」

「ガスの遺品はなにか残ってないのか？」

「なにも」

「なにか知っていそうな奴の心当たりは？」

「知らねえよ。こっから先は他所《よそ》で調べてくれよ」

「ああ、そうする」

ここらが潮時だろう。そう判断した。


板金塗装屋を出ると鳥飼弁護士の携帯に電話を入れた。

「俺だ。矢能だ」

「ええ、今度はなに？」

「会って話がしたい。すぐに」

「なんなの？」

「電話では言いたくない」

「はいはい、わかりました。じゃあ事務所に来て下さい。場所はご存知？」

「ああ」

電話を切る。続けて篠木の携帯を呼び出す。

「篠木っス」

「俺だ。矢能だ。まだついて来てるか？」

「ええ、いまじゃ堂々と真後ろにいます。矢能さんが乗ってないのバレてますね」

「これから移動する。虎ノ門《とらのもん》付近で待機してろ」

電話を切る。今度は外苑東通りまで歩かねばならなかった。

3

マル暴の動きっぷりを話すと、鳥飼弁護士の顔が蒼ざめた。

「大丈夫なの？」

「動きにくいことは確かだ」

矢能は言った。弁護士事務所のテーブルにはコーヒーが出ていたが、灰皿が置かれてないので矢能はコーヒーにも手を出さなかった。

「検察はビビってる。だがいまさら引き返せないところまで来てるんだろう。この先どんな手を使ってくるかわからん」

「おそらく検察は、取り引きを申し出てくるんじゃないかな」

「あ？」

「死刑は求刑しないから、代わりに罪を認めろって」

「…………」

「容疑を強盗殺人から、殺人および窃盗に切り替えて、懲役二十年ぐらいで手を打つから有罪を受け入れろってところかしらね」

日本の司法制度では有罪答弁取引は認められていないが、陰では似たようなことが行われているのが実状だ。

「蹴るんだろ？」

「もちろんよ。敵が弱気になっている証拠だわ。裁判員はマスコミによって児嶋被告が犯人だと刷り込まれているから一審での有罪判決は避けられないとしても、高裁で引っくり返せる可能性は充分にあるわ」

「あんたが取り引きを蹴っても、検察が容疑を切り替えてきたら？」

「え？」

「殺人と窃盗に切り替えて、児嶋を窃盗容疑で再逮捕して、今度は自供が取れるまで責め立てるんじゃねえのか？」

「！」

鳥飼弁護士が息を飲むのがわかった。

「サツもうなりふり構っちゃいられねえだろう。たとえその場の苦しみから逃れるためだったとしても、一度自白《ゲロ》っちまったら二度と引っくり返せない」

「ええ、勝手なことをさせないように慎重に対応します」

鳥飼弁護士は、引き締まったいい表情をしていた。

「じゃあ俺がここに来た本題に入ろう。東京消防庁に、救急車の出動記録を出させてくれ。ガスは二、三年くらい前に救急車で搬送されている。搬送先の病院がわかったら、入院時に担当だった看護師の名前を調べて欲しい。弁護士になら可能なはずだ」

「どういうこと？」

「その看護師はガスの女だ。河村のことを知ってる可能性が高い」

「仕事が早いのね」

鳥飼弁護士が微笑みを浮かべた。


弁護士事務所を出る前に篠木に電話を入れておいたので、建物を出るとすぐ目の前にレクサスが駐まっていた。その後ろにはマル暴のマークXがいる。矢能が車に乗り込む前に、飛び出してきたマル暴コンビに挟まれた。

「ふざけた真似しやがって」

キツネ顔が言った。

「あれからどこに行ってたんだ？」

「ずっとここの弁護士事務所にいたぜ」

矢能は言った。

「さっきみたいに令状ナシで踏み込んでみたらどうだ？」

マル暴コンビは険しい顔で睨みつけてきたが、なにも言わなかった。

「俺はもう事務所に戻る。ついて来たってなにもいいことはねえぞ」

キツネ顔を押しのけてレクサスの助手席に乗り込む。

「騙《だま》そうったってそうはいくかァ！」

マンボウ顔が吐き捨てた。矢能は騙すつもりなどなかった。


中野に戻る途中、新宿大《しんじゅく》ガードを越えたところで矢能のスマートフォンが鳴り出した。画面を見ると鳥飼弁護士からだった。頼んだ調査の回答にしては早すぎる。そう思った。

「鳥飼です。いい知らせと悪い知らせがあります」

「どっちからでも」

「いい知らせは、わたし消防庁にはちょっとしたコネがあって、すぐに調べてもらうことができたってこと。搬送先は慈恵《じけい》医大病院で、担当の看護師は伊藤涼子《いとうりょうこ》」

「悪いほうは？」

「彼女はもう死んでるの。二ヵ月ほど前に轢《ひ》き逃げ死亡事故で」

「…………」

「あなたがなにを考えてるかわかるわ。彼女の死が、ガスの動機じゃないかってことでしょ？」

「ああ」

「児嶋被告がいくらガスが犯人だと主張していても、これまでに被害者の松村保とガスのあいだにはなんの接点も見つかっていないわ。でも、もしこの轢き逃げに松村が、なんらかの関わりを持ってるとすれば大きな進展よ」

「かもな」

「わたしはこれから、この轢き逃げ事件を扱った碑文谷《ひもんや》警察署に行ってきます。なにか摑めたらすぐにお知らせしますから――」

「必要ない」

「え？」

「それを追っても俺が捜している人物には近づかない。俺の仕事には無関係だ」

「でも……」

「それと、電話で重要なことをしゃべるな。サツと戦ってるってことを忘れるんじゃない」

電話を切った。実際に警察がすでに盗聴を開始しているとは思っていないが、テクノロジーの進歩は盗聴を、特に携帯電話の盗聴を容易なものにしていっているはずだ。必要とあれば警察も検察もどんな違法なことだってやる。そのことを肝に銘じておかねばならない。

「おい、お前の携帯を出せ。仕事用のガラケーだ」

篠木がズボンのポケットからガラケーを取り出す。ヤクザ愛用のトバシの携帯だ。

矢能は自分のスマートフォンの〈連絡先〉を見ながら、受け取ったガラケーに番号を打ち込んだ。

「はい外崎」

「俺だ。矢能だ」

「あ、お疲れさまです。携帯変えたんですか？」

「志村からなんか言ってきたか？」

「いえ、どうでした？」

「志村に連絡して、この携帯に電話寄こすように伝えてくれ。いますぐだ」

「了解しました」

電話を切る。それから三分もしないうちに、篠木のガラケーが鳴り出した。矢能は画面を確認もせずに電話に出た。

「矢能だ」

「まだなんかあるんですか?」

志村の声には怯えがあった。

「お前が教えてくれた看護師は、二ヵ月前に死んでたぞ」

「えっ?　……そりゃお気の毒なことで」

「お前がくれた唯一の情報は、行き止まりだった。交通事故で女が死んでたからだ。そんな偶然を俺は信じない」

「え?」

「お前、女が死んでることを知ってたな?」

「知らねえ」

「お前は俺に空《から》手形を摑ませた」

「違う!」

「なぜお前がそんなことをしたかというと、河村の存在を隠すためだ。そうだろ?」

「ち、違う！」

「ほう、河村って誰だ、とは訊かないんだな」

矢能の喉から笑いが漏れた。

「……誰だ？」

「もう遅い。残念だったな」

「………………」

「すぐに河村に連絡して、お前がいまかけてる番号に電話させろ」

「あんた、なに様のつもりなんだよ!?」

「こっちも嘗《な》められ過ぎていいかげん頭に来てんだ。きょう中に河村が電話してこなかったら、俺はもう一度お前に会いに行くぞ」

「………………」

「協力してくれればお前にも河村にも絶対に迷惑はかけない。あくまで協力を拒むってんなら俺はお前にとって一生忘れられない迷惑の種になる。よく考えて判断しろ」

電話を切った。これで河村が飛んでしまうかどうかは賭けだった。だが同じところをグルグル走り回らされるわけにはいかない。ここが賭けに踏み切るタイミングだ。

そう思っていた。

「この携帯、しばらく借りとくぞ」

篠木に言った。

「困ります、って言ってもどうせ聞いちゃくれないんですよね？」

「ほう、お前もちったあ成長してるじゃねえか」

「ありがとうございます」

篠木が盛大にため息をついた。

「このあとなにかあるんだったら好きな場所で降りて構わんが、ヒマなんだったら俺の事務所に寄れ。替わりの携帯を渡しとく」

矢能の言葉に篠木は黙って頷いた。


栞はソファーから起ち上がると、矢能のあとから入ってきた篠木に丁寧にお辞儀《じぎ》をした。

「栞だ」

矢能は奥の窓際のデスクに向かった。

「ど、どうも……」

篠木は小学三年生の少女に、矢能に対してと同じく腰を折って深々と頭を下げた。

矢能は袖机の一番下の抽出《ひきだ》しから二台のガラケーと、それぞれのバッテリー充電器を取り出した。

「データのバックアップは取ってあるんだろ？」

「あ、はい」

篠木はデスクに駆け寄ってくると、矢能が置いた携帯と充電器を見た。

「え、二台？」

「好きなほうを使え。残ったほうはさっきの弁護士事務所に届けろ」

「……いまからですか？」

「ヒマなんじゃなかったのか？」

「はぁ」

「弁護士本人は出かけてるんだろうが、事務所のスタッフに矢能からだと言って渡してこい」

篠木は憮然《ぶぜん》とした表情のままで二台の携帯と二台の充電器を手に取り、無言で頭を下げて事務所を出ていった。

とりあえず、河村からの電話を待つ以外にやることはなくなった。電話がかかってくるかどうかもわからない。

デスクの上の、鳥飼弁護士から渡されたファイルにもう一度目を通そうと思って手に取る。栞の視線が自分を向いているのは見なくてもわかっていた。

こういう時間に、情報屋が言っていたように美容室のおねえさんを食事に誘うべきなんだろうかと考えた。栞のためにもなにかしなければならない。

だが、どうせ誘うのなら美容室が休みである火曜日の前日、月曜日の晩に誘うのがいいんじゃないのか。それならまだ数日は待たなければならなかった。

そう考えて、それは、やりたくないことを先延ばしにする理由を探しているだけのように思えた。休みの前の晩に誘ってどうしようってんだ？　しこたま酒を飲ませてベッドに連れ込もうってのか？　その考えは、彼女を安っぽい存在と捉えているようで失礼な気がした。彼女に対しても、栞に対しても。

矢能はスマートフォンを取り出すと、登録してある美容室の番号に電話をかけた。すぐに彼女の明るく響く声が応えた。

「矢能だ」

「あら、きのうのカット、お気に召しませんでした？」

「今夜、晩メシでも一緒にどうかな？　相談したいことがある。栞のために……」

最後のはいかにも言いわけめいていて余計だったな。そう思ったが手遅れだった。

「でも、仕事が終わるの十時近くになっちゃうんですけど……」

「それからでもメシは喰うんだろ？」

「ええ……」

彼女は戸惑っているようだった。それはそうだろう。矢能自身が戸惑っているのだから。

「じゃあ十時に迎えに行く」

電話を切る。栞の顔が輝いているのは見なくてもわかっていた。

4

「素敵なお店ですね」

店の奥の狭い個室に腰を落ち着けると美容室のおねえさんが言った。新宿御苑《ぎょえん》近くの和食の料理屋で、この店のどこがどう素敵なのか矢能にはわからなかった。深夜の二時までやっているから選んだにすぎない。きっと社交辞令なのだろう。

「わたし和食大好きなんで嬉しいです」

「まぁ居酒屋に毛が生えたようなもんだが料理はそこそこイケる」

矢能は和綴《わと》じのお品書きを差し出した。

「お任せします」

「苦手なものは？」

「パクチー以外なら。和食だったら全然問題なしです」

仲間だ。そう思った。

「酒は？」

「大好物です」

彼女はちょっと笑った。いつものチャーミングな笑顔だった。

「日本酒が一番好きなんですけど、あしたも仕事なんでウーロンハイにしときます」

注文を取りに来た女の子に、本日のおすすめが書かれた手書きのメニューから五品ほどと、ウーロンハイと生ビールを頼んだ。

「わたし、最初デートに誘われたのかと思って、ちょっとドキッとしちゃいました」

店の女の子が下がると彼女が言った。なんと応えたらいいのかわからなかったので聞き流すことにした。

「栞がやたらと落ち込んでる」

矢能は言った。

「なんとかしてやりたいが、なにをどうしたらいいのかわからない」

「わたしも落ち込んでますよ」

彼女は寂しげな笑みで言った。

「なにか力になれることがあったらなんでも言ってくれ」

そう応えたとき、飲み物とお通しが運ばれてきた。彼女はグラスを手に取ると、

「ありがとうございます。ご心配いただいて……」

矢能が手にしたグラスに、そっとグラスを合わせてきた。それぞれがグラスに口をつける。

「なんだか申しわけないです。わたしなんかのために……」

「こっちこそ済まないと思ってる。栞のせいで、煩《わずら》わしい思いをさせてるんじゃないか？」

「そんなことないですよぉ。栞ちゃんにそんなに思ってもらえて光栄です」

「あんたは、自分のことだけを考えて今後のことを決めるべきなんだ。それに沿って栞のためにはなにがしてやれるのかを俺が考えればいいことだ。それはわかってる」

言わば、これが矢能の結論だった。

「結婚しないんですか？」

彼女が言った。

「あ？」

話がどう飛んだのか理解できなかった。

「栞ちゃんの幸せを考えたら、わたしの問題よりそっちのほうが重要だと思います」

そういうことか。

「栞ちゃんは寂しいんですよ。いまはその気持ちがわたしに向かってるだけなんだと思います」

情報屋と同じようなことを言う。ということは、たぶんそれが正解なのだろう。

「相手がいない」

矢能はビールを呷《あお》った。すでにこの会話に嫌気が差し始めていた。

「見つけようとしてます？」

「いや」

「まぁ、女性の好みにうるさそうですもんね」

彼女はケラケラと笑った。ウーロンハイは半分以下に減っていた。

「いや、そんなことはない。栞さえよければ俺は別に――」

「そういうのやめたほうがいいですよ。俺は女なんか誰でもいい、みたいな感じ」

「……………」

こいつも俺に説教をする。

「女性は誰だって、お前じゃなきゃダメなんだ、って言われたいもんなんですよ」

お前は結婚カウンセラーか！　そう思ったが、口には出さないだけの自制心が働いた。ドアが開いて料理が運ばれてきた。

「ウーロンハイのお替わりお願いします」

彼女は残りが少なくなったグラスを掲げた。矢能も生ビールのお替わりを頼んだ。

「まぁわたしの理想で言えば、いまのままで続けていくことなんですよね」

話の方向が変わったことにホッとした。

「わたしのスタイルで好きなようにやらせてもらってるし、せっかく摑んだ常連さんを、次の店にそのまま持ってかれるのも癪《しゃく》じゃないですかぁ」

「ああ」

「でもそれが叶わない以上、自分でもどうしたいのかわからないんですよね」

「だろうな」

「あーあ、いっそのこと、とっとと結婚して家庭に収まっちゃえって話ですかね？」

「…………」

「あ！　い、いまのは別に、嫁にもらってくれって意味じゃないですからねっ」

彼女はムキになったように言った。そんなことは知っている。だが矢能は、口説いてもいないうちからフラれたような気分になった。

「わかってる」

矢能は眼を逸らして刺身に箸を伸ばした。

それからは気まずい沈黙が続いた。新たな料理と、酒のお替わりが届く。

二人とも無言で酒を飲み、料理を口に運んだ。なにか言わなければ、と思うものの
なにを言っても悪い方向にしか進んでいかない気がした。

「あの……」

先に口を開いたのは彼女のほうだった。

「わたし、なんか余計なことしゃべり過ぎちゃいました？」

「いや……」

彼女に気を遣わせてしまった。そう思った。

「そんなことはない。俺が、若い女性と、プライベートな話をするのが得意じゃない
だけだ」

「えー、わたしそんなに若くもないですよぉ。ガキっぽいだけで……」

「………」

なんと応えればいいのかわからなかった。やっぱり俺にはこんなのは向いてねえ。

ポケットの中で篠木から借りた携帯が鳴り出したとき、矢能は救われた気がした。

ガラケーを取り出し、彼女に片手で詫《わ》びを示して個室を出る。

電話は知らない番号からだった。

「矢能さんか？」

聞いたことがない声だった。

「そうだ。河村か？」

「いや、枝野《えだの》って者《もん》だ。清武の若衆頭《かしら》ぁやらせてもらってる」

低く、しゃがれた声だった。四十代半ばってとこか。矢能はそう見当をつけた。

「ほう、……その若衆頭《かしら》が俺になんの用だ？」

清武組のナンバー２が乗り出してくるということは、河村は、清武組にとって重要な人物だということなのか。

「決まってんだろ。河村を追い回すなってことだ」

「断る」

「あ⁉」

枝野の声が尖《とが》った。

「矢能さんよぉ……、あんた調子に乗りすぎだよ」

「俺の邪魔をしてんのはそっちだろう。なんで河村を隠すんだ？」

「こっちにはこっちの事情があるってことだ」

「どんな事情だ？」

「教える義理はねえよ」

「電話じゃラチがあかねえな。いまから会いに行く。どこにいる？」

「じゃああんたが昼間行った、信濃町の板金屋に来な」

「わかった。二十分で行く」

「マル暴なんか連れてくるんじゃねえぞ」

電話が切れた。

面倒な状況になる可能性はある。だがそれを嫌がっていたら河村に辿《たど》り着くことはできない。そもそも、そう簡単に河村に辿り着けるとは思っていなかった。財布から万札を三枚抜き出し、財布とガラケーを仕舞うと個室に戻る。

「申しわけない。仕事で急に行かなきゃならなくなった」

テーブルの端に重ねた万札を置き、

「なんでも好きなものを注文してくれ」

「こんなに必要ないですよ」

彼女は紙幣を見て言った。沈んだ顔をしていた。

「余った分はタクシー代に使ってくれればいい」

「ここからなら丸ノ内線で一本なんで、大丈夫です」

「いや、せめてもの詫《わ》びだ。済まない」

そう言って部屋を出た。


店を出て歩き出すと、路肩に駐まっていた車から短く二度クラクションを鳴らされた。グレーのマークXだった。矢能が足を止めると、マル暴コンビがのっそり車から降りてきた。

「やっぱりデートは偽装かよ」

キツネ顔が言った。

「そんなのに騙されて、俺たちが引き上げるとでも思ってんのか？」

「てめえのお蔭でこっちゃあこんな時間まで働かされてんだぞこの野郎！」

マンボウ顔が言った。

「だったら帰れ。俺もタクシーで帰るところだ」

今度は嘘だった。そのまま背を向けて歩き出し、新宿通りに出てタクシーを拾う。

「どちらまで？」

と、振り返った運転手の顔の前に一万円札を突き出す。

「後ろをついて来るグレーのマークXを撒《ま》いてくれたら、これはあんたのものだ」

「え？」

五十代と思しき運転手が怪訝な眼を向けてくる。

「もちろんメーターの料金は別に払う」

「どういうことで？」

「興信所に尾行されてるみたいでね……」

「ははぁ、これからお楽しみってことですか」

矢能を浮気亭主だと思い込んだ運転手は、口の片側を吊り上げる笑みを浮かべ、

「任しといて下さいよ。こっちゃあ裏道のプロですからね」

タクシーは最初の角を左折すると、たて続けに右折と左折を繰り返していった。

信濃町の板金塗装屋の前に着くと周囲は静まり返っていた。

深夜に近い裏通りには行き交う車も人通りもなく、当然尾《つ》けてくる車もないことを確認してからタクシーを降りた。

辺りは街灯以外に灯《あか》りらしい灯りもなく、板金塗装屋の表も暗かったがシャッターが半分ほど開いていた。シャッターを潜《くぐ》り、闇に沈んだ作業場を奥のドアの上でチカチカと点滅を繰り返す蛍光灯を頼りに進んでいった。

ドアを開けると事務所スペースには照明が点《つ》いていたが、誰もいなかった。さらに進んで奥の応接室のドアを開ける。

中には四人の男がいた。手前のソファーに座っていた志村が振り返り、素早く起ち上がった。薄笑いを浮かべて矢能に近づいてくる。

だが奥のソファーに座っている男がこの場のリーダーであるのは一目瞭然だった。

こいつが枝野か。柄物のニットを着た四十代後半の厳《いか》ついツラをした男で、ヤクザなのがひと目でわかるタイプだった。

枝野が座るソファーの両脇には、二人の大男が立っていた。

右の大男は腹が出たプロレスラー体型で耳が潰れている。左の大男はアメフト選手かボディビルダーのような体型で、日サロの常連らしき肌の色をしていた。どちらも窮屈そうにダークスーツを着ている。裏カジノの用心棒といったところだろう。

「ほう、あんたが矢能さんかい？」

枝野は微かな笑みを浮かべていた。

電話で聞いた通りの、低くしゃがれた声だった。

5

「とりあえず、ボディチェックをさせてもらうぜ」

矢能の目の前に立った志村が言った。矢能は肩をすくめて素直に応じた。

「おい、表の様子を見てこい」

右の大男に顔を向けて枝野が言った。耳が潰れて餃子《ぎょうざ》のようになっている大男が、矢能の脇を通って部屋を出ていく。

矢能が武器を身につけていないことを確認すると、志村が枝野に向けて頷《うなず》く。

「まぁ座んなよ、矢能さん」

枝野が言った。矢能は無言で志村が座っていたソファーに腰を下ろした。シャツの胸ポケットから取り出した煙草をくわえて火をつける。志村が矢能の隣に座った。

「さてと、こっちの用件は電話で言った通りだ。なんにも変わらねえ。わざわざ乗り込んできて、あんた一体なんのつもりなんだい？」

枝野が言った。

「河村を出せねえって言うんなら、出せねえ事情ってやつを聞かせてもらおう」

矢能は盛大に煙を吐き出した。隣の志村を親指で示し、

「俺はこいつに、清武組にも、河村にも絶対に迷惑はかけないと言った。なのになぜ隠すんだ？」

枝野が鼻で笑った。

「教える気はねえって言ったろう」

「河村の仮釈放違反どころじゃねえ、別の犯罪絡《がら》みの事情でもあるってのか？」

矢能はカマをかけてみた。枝野の眉が反応した。どうやら図星だったようだ。

「あんたの知ったこっちゃねえよ」

枝野の笑みは消えていた。そこに表をチェックしに行った餃子耳が戻ってきて、

「問題なしです」

と言ってそのまま元いた場所に戻った。

「最初にはっきりさせとくが、俺はそっちの事情がどうであろうと必ず河村を見つけ出す。こっちもそれは変わらねえんだ。さぁどうする？」

矢能は枝野の眼を見据えて言った。

「あんたがそういう態度なら、こっちも断固たる対応を取るまでだ」

枝野は無表情のままで言った。

「どうするってんだ？　そこのゴリラ二匹に俺をシメさせるのか？」

二匹のゴリラは憮然とした表情を見せたが、なにも言わなかった。

ヤクザというのは上下関係に厳しい組織だ。たとえ身内でなくても、自分より上位の者に迂闊《うかつ》な態度は取れないものだ。

「あんた次第ってとこだな」

枝野が言った。

「やってみろよ。それで事が片づくんなら世の中楽勝だ」

矢能は笑顔で言った。

「どういう意味だ？」

「てめえで考えろ」

「…………」

枝野は考え込む顔つきになっていた。矢能の言葉がハッタリなのかどうかを見極めようというつもりだったのだろうが、その時点で枝野はしくじっていた。次々に良くない想像が浮かんでくるに決まっているからだ。

「やっぱり、あんたが足を洗ったってのは偽装なんだな？」

枝野の言葉に矢能はため息を漏らした。またそれか。いいかげんにしろよ。

「いくら俺が否定しても信じられねえってえんなら、笹尾組の本部に電話してみろ。矢能って野郎に迷惑かけられてる。なんとかしてくれっ、てな」

「…………」

「知ったことか、って言われるだろうよ。そんな野郎は笹尾組《ウチ》とは無関係だ、とな」

枝野は探るような眼つきになっていた。

「あんたは菱口組最高幹部だった笹健《ささけん》の親分の側近だったたって聞いてる。笹健の親分が組を解散して引退したときに一緒に身を引いたってな……」

「そうだ」

「だからあんたが笹健組のあとの笹尾組とは無関係だってのはいいとしても、少し前にあんたが燦宮会の理事長《かしら》になるって噂が駆け巡ったのは、一体どういうことだ？」

「デマだ。実際俺はそんなもんになってない」

「なんでそんな噂が立つのかってとこが気になってんだがね……」

「俺の名前を利用した奴がいるってだけのことだ」

「じゃああんた、本当にカタギなんだな？」

「カタギで探偵だ。だから探偵の仕事で河村を捜してる」

「つまり、あんたを煮ようと焼こうと、菱《ひし》は動かねえってことだ」

枝野が勝ち誇ったような笑みを浮かべた。

「そういうことなんだろ？」

「だったらなんだ？」

「本当に河村を捜すのを止《や》めねえんだな？」

「止める理由がない」

「殺されてもか？」

「ほう、俺を殺すってのか？」

「そうだな、あんたみてえな野郎にはヘタにヤキ入れるより、そうしちまったほうが面倒がねえ」

枝野は事もなげに言った。

「嘗《な》めてんのかこの野郎」

歯の隙間から押し出すような声だった。矢能の眼が凄みを帯びる。

「俺が、カタギになった途端にヤクザを怖がる素人になっちまったとでも思ってんのか？　あ？」

「…………」

「そんな脅しを聞かされたら、じゃあ河村を捜すのは止めます、って言うとでも思ってんのかって訊いてんだ」

「言わねえんだろ？　だったらもう殺すしかねえじゃねえかよ」

枝野は平然と言った。ただの脅しだとは思えない口ぶりだった。

「嘗めてんのはてめえだろう。カタギになったクセしやがってヤクザ者《もん》嘗めたらどういうことになるか教えてやるよ」

本気で俺を殺してでも河村を隠そうというつもりか。矢能はため息をついた。

「俺はヘタ打って破門喰らったわけじゃねえんだ。惜しまれつつ引退したんだぞ」

「なんの違いがある？」

「俺になんかあったら、仇《かたき》を取ろうって思ってくれる奴はいっぱいいるってことだ」

「死体は出さねえから心配すんな。行方不明になってもらうだけだ」

「いきなり俺が消えたら燦宮会の外崎が騒ぎ出すぞ。あいつは俺がこいつと会ったのを知ってるからな」

矢能は隣に座る志村を顎で示した。

「…………」

「その同じ日に俺が行方知れずになりゃあ、志村を攫《さら》ってじっくりと話を訊くことになる。こいつはちょっと脅されたらなんでもウタっちまう野郎だぞ。いいのか？」

志村が眼を逸らした。枝野の眉間に縦の皺《しわ》が立った。

「じゃあこいつも消すか？　俺と志村が同時に消えりゃあ、攫われるのはお前だ」

「うるせえ！　くだらねえ能書き垂れてんじゃねえぞ！」

枝野が咆《ほ》えた。

「てめえの言った通りになるかどうか、試してみようじゃねえかよ」

左の大男に顎をしゃくった。日サロ焼けがズボンの背中側に挿《さ》していた拳銃を抜き出す。銃口が矢能に向けられた。

矢能は顔色一つ変えなかった。中型自動拳銃《オートマチック》だ。シグ・ザウアーのように見える。まぁ中国製のコピー品かも知れないが。

安全装置《セーフティ》を外す動きも、音も感じられなかった。だが、だからといってセーフティがかかったままだと判断するわけにはいかない。いまどきの拳銃は撃鉄《ハンマー》を倒した状態であればセーフティをかけていなくても安全に持ち運ぶことができる。そして、このシグ・ザウアーのようなタイプのダブルアクションの自動拳銃《オートマチック》は、引き金《トリガー》を深く引き絞るだけで発砲が可能だ。この場はセーフティは解除されていると判断しておくべきなのだろう。

　問題は、日サロ焼けが銃を使う仕事にどれほど習熟しているかということだった。ヤクザで銃の扱い方を知っている野郎は数多くいるかも知れないが、現場でどう扱うのが正しいかを知ってる者はほとんどいない。日サロ焼けが薬室《チャンバー》に初弾を装塡《そうてん》していない可能性も大いにある。仮に装塡していたとしても、ダブルアクションで正確に的に命中させるには、相当な素質か、かなりの訓練が必要だった。そして的がジッとしているとは限らない。

　矢能はいままで数多くの危機に直面してきた。銃を向けられたことは無数にあったし、実際に撃たれたことも数回あった。頭に銃を突きつけられたのも一度や二度ではない。その度に矢能は自力で生き延びてきた。この程度の状況に対応できないわけがない。矢能はそう思っていた。

　人は簡単に死ぬ。だが、人を殺すのはそう簡単なことじゃない。そして全力で抵抗する人間を殺すのがいかに難しいかをこいつらはわかっちゃいない。

　こいつらの態度でそれがわかった。この連中が本気で矢能を殺すつもりだとしても、ここでは撃たないはずだ。静まり返った深夜の住宅街で銃声を響かせたくはないだろうし、カタギの会社の応接室を血まみれにしたくはないだろう。

銃で脅して車に乗せ、死体を処理できる場所に連れて行ってから殺す。そう考えているに違いなかった。日サロ焼けも、矢能を撃つためではなく矢能を従わせるために銃を向けているにすぎない。そもそも、いつが撃つべきときで、いつが撃つべきときではないかの判断には経験が物を言う。こいつにそれほどの経験があるようには見えなかった。

「どうした？　チャカを見て、漸《ようや》くこっちが本気だって気づいたか？」

枝野が残忍な笑みでそう言った。

矢能は短くなった煙草をテーブルの上の灰皿に押しつけると、そのまま重いクリスタルの灰皿を摑んで後ろに振り、隣の志村の顔面に叩きつけた。

銃声は響かなかった。日サロ焼けが、「動くな！」と叫んで両手で銃を向け直しただけだった。

志村は両腕をだらんと垂らして、額をテーブルに載せて悶絶していた。鼻の骨か、前歯の何本かが、おそらくはその両方が折れているはずだ。鼻と口から勢いよく血が溢《あふ》れ出ていた。

「てめえ、……そんなことで命が助かるとでも思ってんのか？」

枝野が軋《きし》るような声を出した。笑みの名残《なご》りも残ってはいなかった。

「なんで俺が大人しく殺されてやらなきゃなんねえんだ？」

矢能は新しい煙草に火をつけた。

「この野郎ッ！」

我に返ったかのように餃子耳が突進してくる。銃声を響かせるよりも、腕力に物を言わせるのが得意なのだろう。矢能は灰皿を摑んで起ち上がった。それを避《さ》けようと餃子耳が上体を低くしたときには、灰皿は枝野の顔面を直撃していた。一メートルの距離から擲《な》げられた物を避《よ》けられる奴はまずいない。

次の瞬間、矢能はテーブルを蹴って日サロ焼けに襲いかかっていた。いきなり銃声が轟《とどろ》いた。だがすでに矢能の左手が、日サロ焼けの手首を摑んでいた。背後で悲鳴が上がる。発射された銃弾は餃子耳のどこかに当たったらしい。

矢能は右手で銃身を摑んで強く捻《ひね》った。鮮やかに拳銃が矢能の手に移った。どんなに腕力自慢の野郎でも、手首を内側に曲げられたら勝手に指が開いてしまう。強く物を握っていることはできない。人体の構造はそういうふうにできていた。

日サロ焼けが慌てて両手を挙げる。その顳顬《こめかみ》に銃把《グリップ》を叩きつけた。声も上げられずに日サロ焼けが倒れ込む。矢能は握り直した拳銃を枝野に向け、くわえたままの煙草を深く吸い込んだ。

餃子耳は床に膝をついたまま怯えた眼で矢能を見ていた。大した傷は負っていないらしい。志村は先ほどから一ミリも動いていないように見える。枝野はぼんやりと眼を開けてはいたが、割れた額から流れ出た血が顔中に縦縞を作っていた。日サロ焼けは部屋の隅の床でうずくまって呻《うめ》いている。

「さてと……」

枝野に言った。

「これで振り出しに戻ったな。河村を隠す事情ってのはなんだ？」

「し、知るかよ……」

枝野が絞り出すように言った。

「銃声を聞いた近所の住人が通報しただろう。俺に口を割らせる前に、サツがやって来るぜ」

と、薄笑いを浮かべる。矢能も笑みを浮かべた。

「お前の言った通りになるかどうか、試してみようか」

銃口を枝野の額の傷に押し当てる。枝野が呻き声を漏らした。

「俺もそう気が長いほうじゃねえんだ。河村はどこだ？」

「…………」

枝野は息を飲んで矢能を見上げている。その眼に観念したらしい色が窺《うかが》えた。そのとき部屋の外に足音が聞こえた。矢能が振り返る。応接室のドアが開いた。

「おうおうおうおう矢能ちゃんよお、やらかしてくれたなあ」

マンボウ顔が言った。続いてキツネ顔が姿を見せる。

「銃刀法違反に、傷害と殺人未遂の現行犯だな」

マル暴コンビがタクシー会社を脅し上げ、矢能を乗せた運転手を捜し出し、いずれはここに辿り着くのはわかっていた。だがそれは明日のことだと思っていた。

こいつらは矢能に嫌がらせをして楽しんでいるだけで、こんな時間まで矢能を追い回すほどの働き者だとは想像もしていなかった。どうやら矢能が考えていた以上に、この仕事にやる気をみせているらしい。

マンボウ顔が、腰から手錠を抜き出しながら近づいてくる。矢能は拳銃を捨てた。その右手を摑まれる。

手首に冷たい金属の輪が喰い込んだ。

6

その電話がかかってきたのは朝の八時前だった。スマートフォンの液晶に表示されているのは登録されていない番号だった。自宅マンションの寝室で着替えている途中だった砂川警部補は、どうせ間違い電話だろうと思いながら電話に出た。

「砂川さん？　カナヤマです」

一瞬誰だかわからなかった。

「ああ、金山検事ですか。なに事ですかこんな時間に？」

なにか良くない事態が発生した。そう思った。

「朝早くに申しわけない。実は、例の矢能が逮捕された。四谷《よつや》署に勾留《こうりゅう》されている」

「え？」

「昨夜、組対《そたい》四課の二人組がパクった。銃器の不法所持と傷害、殺人未遂の現行犯だそうだ」

予想に反していい知らせだった。

「相手は？」

「磐政会系の三次団体のヤクザどもだ」

「よかったじゃないですか。これであなたの心配事も解決だ」

「だが、矢能は正当防衛を主張してる」

砂川は鼻で笑った。

「あの連中がよく使う言い逃れじゃないですか。相手にすることないですよ」

この検事は全くどうしようもないビビリだ。バカじゃねえのか？

「あのマル暴の二人を信用できると思ってるのか？」

金山検事が言った。

「矢能に張りついているのが面倒になって、事件をでっち上げたのかも知れん」

「…………」

たしかにその可能性は否定できなかった。

「で？　私にどうしろと？」

「なんにしろ、矢能が勾留されているということは鳥飼弁護士の狙いを探るチャンスだ。そうは思わんかね？」

「それを私にやれってんですか？」

「あなたは捜査一課の刑事だ。別の事件の担当検察官が乗り込むよりも、ずっと自然なことだと思うんだがね」

「放っときゃいいじゃないですか。元ヤクザにしろ引退は偽装だったにしろ、どっちにしてもクソ溜めの住人ですよ。一体なにができるっていうんです？」

「鳥飼弁護士も同じように思ったはずだ。だが依頼した」

「……………」

「あなたが逮捕した被疑者を確実に有罪にするために万全の手を尽くす、という私の考えに反対だということなのかな？」

「わかりましたよ」

砂川はため息とともに電話を切った。だがすでに矢能を取調べるということに興味が湧いてきているのも事実だった。

自分が死刑になると知ったとき、児嶋は弁護士ではなく矢能を呼んでくれと言った。なぜ矢能なのか？　矢能とはどんな男なのか？　直《じか》にそのツラを拝《おが》んでおくのも悪くない。そう思った。

「ねえパパ」

朝食の途中で娘の優香《ゆうか》が声をかけてくる。砂川は新聞から顔を上げた。

「あの犯人、死刑になるんだよね？」

あの犯人、というのが児嶋康介のことであるのは間違いない。砂川は頷きを返し、

「なんでいまさら……」

「きのうニュースであいつの弁護士が、『児嶋被告は無実です。必ずそれを証明して見せます』なんて言ってたもんだからさ……」

「あの女は、それを言うのが商売なんだ」

「でも解説の人も、自供がないし状況証拠しかないって……」

「そう言っといたほうがみんながニュース番組を見るからだろ。マスメディアってのは、世間の関心を少しでも長持ちさせようって必死なんだよ」

「じゃあ児嶋の死刑は確実ってこと？」

「ああ、検察官がドジを踏まなければな」

これは砂川の本音だった。

「優香、そろそろ行かないと……」

妻の瑶子《ようこ》が言った。それで親子の会話は終了した。

中学二年生の優香と会話らしい会話ができるようになったのは最近のことだった。小学校の高学年になったころから優香はロクに父親と口をきかなくなった。嫌われているわけではないはずだが、どこか疎《うと》ましく思っている様子が感じられた。そういう年頃なんだろう。そう思ってはいるものの、やはり寂しかった。

娘が中学に上がると、ほとんど顔を合わせることもなくなった。いつも自分の部屋に籠っていた。

殺人犯捜査係という職業柄、毎日決まった時間に家に帰れるはずもなく、特別捜査本部が設置されれば何日も家に帰れない。日曜日に子供と出かける約束を何度もすっぽかし、運動会や授業参観にも顔を出さない父親だった。

やりきれない事件の数々。悲惨すぎる被害者の状況。あまりにも許しがたい犯人。そういったものへの感情が、家族の前でも険しい表情をさせていたのかも知れない。娘に距離を置かれても、自分にはどうすることもできない。砂川は諦めにも似た心境になっていた。

優香が、人気ロック歌手の夏川サラのファンであることを知ったのも、彼女が殺害されたあとのことだった。家でそんなCDを見たこともなかったし、そもそも優香はCDプレイヤーも持っていなかったから音楽に興味があることすら知らなかった。

いまどきの子にとって音楽は、スマホで聴くものらしい。

夏川サラの死に優香が大変なショックを受けている。妻にそう聞かされた。優香が夏川サラのライブの度に行っていたことも、夏川サラが参加する長野県の高原で催《もよお》される野外フェスに行きたいと言って母親と一悶着《ひともんちゃく》あったことも、そのとき初めて知らされた。

優香は、夏川サラの音楽を愛していたのではない。夏川サラの全てを愛していた。夏川サラに憧れて、夏川サラのようなシンガーになりたい、そう言っていたのだという。優香はその夜、部屋に鍵をかけて閉じ籠《こ》もり、イヤホンで夏川サラの曲を聴き続け、父親に会おうとはしなかった。

夏川サラが殺害された事件の初動捜査には別の係が当たっていた。だが、翌日特別捜査本部が設置されると、砂川の殺人犯捜査六係もそこに組み込まれた。砂川はその幸運に感謝した。

動機の線を辿って児嶋康介に行き着き、些《いささ》か強引ではあったが児嶋の部屋に家宅捜索《ガサ》をかけ、そして大手柄を上げた。発生から一週間でのスピード解決だった。

親子の関係が一変した。父親を見る娘の顔が輝いていた。「お父さんがサーラの仇を取ってくれた」と言って涙をこぼした。

砂川は優香の瞳に尊敬の念を見た。父は我が子のヒーローになった。我が子に好かれようとするのではなく、我が子に怖がられるのでもなく、我が子の尊敬の対象になる。父親としての理想の喜びがそこにあった。俺はこれからもずっと優香のヒーローであり続けなければならない。そう心に誓った。

優香は児嶋の死刑を望んでいる。だからそれは、叶えられなければならなかった。

四谷警察署は、外苑東通り沿いにある庁舎の建替え工事のため、外苑西通り沿いに仮庁舎を設置していた。砂川は矢能の取調べに当たった一係の捜査員から事件の概要を聞いた。

矢能は銃を相手に向けているところをマル暴に発見され、現行犯逮捕されていた。矢能の相手は四人。いずれも磐政会系清武組の組員で、一人は銃弾を受けて軽傷、一人は拳銃で頭部を殴られ軽傷、一人はガラス製の灰皿で殴られて鼻の骨と歯を折る重傷、最後の一人は同じ灰皿を投げつけられたことによる頭部裂傷を負っている。

矢能の左腕から発射残渣《ざんさ》が検出されていたが、その量も付着範囲も、銃を発砲した際のものとしては不自然だった。そして相手方の一人の右腕からは、より明確な硝煙反応が出ていた。

その男は現場で矢能が握っていた拳銃用のホルスターをベルトに装着していたため当該拳銃は矢能によって奪われたものと思料されるとのことだった。また別の一人も、同型の拳銃を所持していたことが判明している。

四人のヤクザに囲まれ、殺すと言われたため必死の抵抗をした、という矢能の主張と現場状況とに矛盾はなく、不当逮捕であるとして、すでに鳥飼弁護士が動き出しているという。そう長くは拘束しておけない。それが捜査員の見方だった。

取調室のドアを開けると、いきなり男と眼が合った。取調べ用のデスクに向かい、腕を組んで座っているその男は無表情に砂川を見据えていた。

これが矢能か。砂川の全身が一瞬にして緊張感に包まれた。

対象物を射抜くような眼をしていた。深く落ち窪んだ眼窩《がんか》に削《そ》げ落ちたような頰、真一文字に横に広がった口。それらが苛烈な人生を生き延びてきたことを窺わせる。恐ろしく冷酷な男に見えた。この男は危険だ。砂川はそう直感した。

砂川が想像していたタイプとはまるで異なっていた。露骨にヤクザっぽいか、そうでなければ頭が切れそうな弁護士や公認会計士のように見えるタイプのどちらかだと思っていたのだ。

この男はアウトローにしか見えない。だが、ヤクザ特有の下卑《げび》た印象がなかった。ハリウッドの映画で見かけるニューヨークのマフィアの幹部のようにどこか垢抜けて見えるのは、シンプルだが見るからに高級そうなスーツと、センスよくカットされた髪型のせいなのだろうか。

「今度はなんだ？」

矢能が先に口を開いた。なんの感情も籠《こ》もらない声だった。

「捜査一課の砂川だ」

そう言って、矢能の正面の椅子に腰を下ろす。

「この程度の事件《ヤマ》に、本部から一課がお出ましってことは、あんた児嶋の事件の担当なのか？」

矢能が言った。砂川はなにも応えなかった。

「俺が鳥飼弁護士からどんな依頼をされたのか、それが知りたくて来たんだろ？」

「俺が知りたいのは、昨晩お前がなんの目的で清武組の連中と会っていたのかということだ」

「まぁ、そういう言い方もできる」

「お前はこれまでの取調べでそれに答えていない。なぜ話せないんだ？」

「話せないんじゃない。面倒だっただけだ」

「なにがだ？」

「所轄の奴らには一から説明しなきゃならない。だから、ヤクザどもに聞けと言ってやった。だが児嶋の事件の担当なら無駄な説明はいらねえから教えてやってもいい」

「…………」

「俺は、ガスこと西崎貴洋のことを調べてる。ガスは清武組の志村のカジノで働いていた。だからきのうの昼間志村に会った。だが志村は全然協力的じゃなかった。頭にきて夜にもう一度会いに行った。そしたら四人が待ち構えてたってわけだ」

「それがなんでチャカ持ち出して、殺すの殺されるのってことになるんだ？」

「俺の態度が気に障《さわ》ったんだろうよ。ったくヤクザってのはどうしようもねえな」

「…………」

砂川はため息を漏らした。矢能が言っていることは調べればすぐにわかることだ。嘘を言っているとは思えない。だが、事実の半分も話していないのはあきらかだ。

「なぜガスを調べる？」

「児嶋から聞いてんだろ？」

矢能は真顔で言った。

「お前、マジで児嶋がやってねえって信じてんのか⁉」

砂川は声を荒らげた。本気で驚いていた。鳥飼弁護士のように、日々警察が冤罪を生み出してると思い込んでいるような輩ならともかく、長年裏社会で生きてきた矢能が、なぜ殺人犯のくだらない言い逃れを信じることができるというのか。

「信じてるんじゃない。知ってるんだ」

矢能が言った。

「なにをだ？　なにを知ってるんだ？」

「あんたの知らないことを、いろいろとな……」

「だったらなんだ？　いまさらガスを調べてなんになる？」

「さあな」

「オーバードーズで奴が死んだときに、組対《そたい》五課がガスの周辺を徹底的に調べてる。凶器の拳銃も赤い表紙のノートも出てないんだぞ」

「…………」

「それでどうやって児嶋の無実を証明するんだ？　あ⁉」

「このくらいにしといてもらおうか。そろそろ釈放されてもいいころだ」

「ふざけるな！　俺が聞きたいことを聞き出すまでお前は帰れないんだよ」

「俺は正当防衛だぞ」

「お前を足止めする理由ぐらい、こっちにゃどうにだってできるんだ」

「また冤罪を作るつもりか？」

砂川はデスクを掌《てのひら》で叩いた。大きな音が取調室に響く。

「児嶋は冤罪なんかじゃない！」

「そうだといいな……」

矢能が初めて笑みを見せた。砂川を恐怖が貫いた。

第3章

武装強盗

1

四谷署の仮庁舎を出ると、矢能は鳥飼弁護士とともに近くの喫茶店に入った。とにかく煙草が吸いたかった。

「あなた、なにをやってるの？」

矢能が煙草に火をつけるまで我慢していたかのように鳥飼弁護士は言った。

「真面目に仕事をしていたらこうなっただけだ」

矢能は満足げに煙を吐き出した。

「ヤクザと殺し合いをするのが仕事なの？」

彼女は呆れ果てたというような顔で矢能を見ていた。

「わたしはそんな仕事は頼んでないわ」

「あんたにそのつもりがなくても、俺が依頼された仕事は、そういう仕事だったってことだ」

矢能はやってきたウェイトレスにブレンドを注文した。鳥飼弁護士はアイスティーを頼んだ。

「じゃあこういう事態になったのは、あなたの仕事のやり方のせいではないって言いたいわけ？」

「事実、そうだ。清武組の連中には、俺を殺してでも河村の存在を隠さなければならない理由があった」

「え？」

「清武組は親切で河村を匿《かくま》ってたんじゃない。河村になんらかの仕事をさせた。まだその熱《ほとぼ》りが冷めてねえんだろう。いま河村に目をつけられるとマズい。そう考えた。……まぁそんなとこだろうな」

「児嶋被告の事件とは無関係な犯罪絡みで河村を隠してるってこと？」

「そうだ」

「だったらもう、河村の線は諦めるしかなさそうね」

「…………」

「河村を捜したらヤクザに命を狙われるんじゃあ割に合わないわ。警察に助けを求めたら河村は検察に持ってかれちゃうし……」

「ああ」

「どうやらあなたの仕事もこれで終わりってことになりそうね」

「俺はまだ諦めちゃいない」

「これ以上、あなたに危険な真似はさせられないわ」

「俺の身を心配してくれてんのか？」

矢能は薄笑いを浮かべた。鳥飼弁護士はニコリともせずに言った。

「いいえ。あなたは被害者にはならないかも知れないけど加害者になる虞《おそ》れがあるってこと。そんな事態が、裁判にいい影響があるはずがないでしょ？」

「わかった。きょう以降は日当を請求しない。ただし成功報酬は倍額にしてもらう」

「まだ続けるつもりなの？」

黒縁の眼鏡の奥で彼女の眼がまん丸く見開かれた。

「このままじゃ気分がよくない」

矢能は煙草を灰皿に押しつけた。そこに二人の飲み物が運ばれてきた。

「絶対に、無茶なことはしないと約束できるの？」

ウェイトレスが去ると鳥飼弁護士が言った。矢能は熱いコーヒーを啜《すす》った。

「ああ、無茶なことなんかしない」

矢能が普通だと思っていることを、この弁護士がどのように感じるかは矢能が気にすることではなかった。鳥飼弁護士はアイスティーのグラスに手を伸ばし、

「では、日当が発生しない代わりに、河村が児嶋被告の役に立ってくれた場合に限り成功報酬の倍額を認めます。これでいいかしら？」

「ああ」

「でも、清武組の連中は逮捕されちゃったし、この先なにか当てはあるの？」

「俺には俺なりのやり方がある」

「だから、それが恐いんですけど……」

彼女はストローで褐色の液体を一気に吸い上げた。そして思い出したように、

「それと、あなたには関係ないかも知れないけど、慈恵医大の看護師だった伊藤涼子の轢《ひ》き逃げ死亡事故の件は無駄足でした。現場の破片から車種は特定できているものの、そこからの捜査は全く進んでないの」

「そんなことより、あんた赤い表紙のノートのことは知ってるのか？　貰った資料には書いてなかったぞ」

矢能は言った。

「え？　なんの話？」

鳥飼弁護士が眉を顰《ひそ》める。

「児嶋の事件の担当の、砂川《さがわ》ってデカが口を滑らせた。ガスが死んだとき組対五課が徹底的に奴の周辺を調べたが、凶器の拳銃も赤い表紙のノートも出ちゃいない。どうやって児嶋の無実を証明するんだ、ってな」

「知らないわ。初耳よ」

彼女は険しい表情になっていた。

「おそらく、現場で奪われたものは腕時計とネックレスの他にもう一つあった。それが赤い表紙のノートだ。殺人事件の直接的な証拠になり得るものだ」

「ええ」

「俺には関係ないが、あんたにとっては大事なことなんじゃないかと思ってね」

「検察がそんな重大な事実を隠していたとすれば大問題よ。早速追及してみます」

鳥飼弁護士は伝票を摑んで起ち上がった。矢能は二本目の煙草に火をつけた。

「やり方はともかく、あなたは思っていたよりかなり優秀ね」

そう言って彼女は歩き出した。矢能は黙ってそれを見送った。どうせとんでもなく無能な男だと思ってたんだろうよ。そう思った。

事務所に帰ると、栞はすでに学校から戻っていた。だが、お帰りなさい、という声はなかった。

「ただいま」

矢能は、少しバツが悪い気がしてそう言った。ソファーから起ち上がった栞の眼は怒っていた。

「なにをしてるんですか？」

鳥飼弁護士と同じことを言う。

「仕事だ」

矢能はソファーの定位置に座り込んだ。

「警察に捕まるのが仕事ですか？」

きょうの栞は辛辣《しんらつ》だった。

「俺が逮捕されたことを責めるより、無事に帰ってきたことを喜べ」

矢能は煙草に火をつけた。栞の説教タイムを受け入れる覚悟はできていた。

「ご飯に誘ったおねえさんを放ったらかして帰って、警察に捕まるってどういうことですか？」

「逮捕されたのは警察のミスだ。だからすぐに帰ってきた」

「テレビのニュースであなたの写真が出てました」

「いい写真だったか？」

「鬼のような顔でした」

「きっと機嫌が悪いときに撮《と》られたんだろうな」

「元暴力団って、何度も言ってました」

「いまは違う、という意味だ」

「わたしは、恥ずかしかったです」

突然、栞の両眼から涙が零《こぼ》れた。

「…………」

幼い少女の心を傷つけたのはわかっている。だが俺にどうしろってんだ？

「俺が悪かった。もう二度と逮捕されるような真似はしない」とでも言えというのか。それとも「いまからすぐに美容室のおねえさんのところに行って説明してくる」とでも言えってのか？　どちらもお断りだった。栞に嘘の約束はしない。他人に言いわけなんかしない。そう思った。矢能が仕事をすると栞は喜ぶ。だから仕事をした。逮捕されたのは俺のせいじゃない。美容室の件が進展しないのも俺のせいじゃない。それだけ難しい問題だってことだ。

だがそれは言いわけだった。栞にも言いわけはしたくなかった。

「これじゃおねえさんに嫌われてしまいます」

栞が言った。

「好かれようとは思っちゃいない」

「わたしはイヤです！」

栞が声を張り上げた。雫《しずく》が顎から次々に落ちた。

「なんだお前、あのおねえさんと俺をくっつけようとしてんのか？」

「…………」

「ガキが企《たくら》むことじゃない。もう忘れろ」

栞は無言のまま矢能を睨《にら》んでいた。

「わかったのか？」

「……わかりました」

栞は矢能の正面のソファーに置いてあったランドセルを摑むと、そのまま事務所を出ていった。

今夜の晩メシは独りで喰うことになりそうだ。矢能はそう思った。

「だから、なんでお前《めえ》はもっとシオリンに優しくできねえんだよっ」

情報屋が言った。新宿西口のトルコ料理屋だった。矢能も情報屋も串焼きのケバブをツマミにエフェスという名のビールを飲んでいた。

「なんて言えば良かったんだ？」

「これからはこんなことがないように気をつけるよ、って言っときゃいいじゃねえかよ。それとおねえさんの件は必ずなんとかするからもう少し待っててくれ、ってな」

「………………」

「別に嘘でも言いわけでもねえだろ？　お前《めえ》の心意気ってもんを伝えるんだよ」

「気に喰わねえな」

「気に喰わなくても、それでシオリンの悲しみが減るならそうしてやれって言ってんだよっ」

「………………」

矢能はため息をついた。どうしてこう誰も彼もが説教しやがるんだ。

「そういや、お前《めえ》が捜してる河村って野郎のことを当たってみたぜ」

情報屋が言った。

「なんかわかったか？」

「河村ってのは日本じゃ珍しい、武装強盗のプロだ。六年前にパクられたのは仲間の裏切りのせいで、それ以外にも十数件の仕事を成功させてるが全てが未解決のままだそうだ」

「ほう」

「九年前に世間を騒がせた日本橋《にほんばし》の現金輸送車強奪も、奴の仕事だって言われてる」

「清武組は最近河村に仕事をさせてる。なんか心当たりはないか？」

「あ？　どういうことだ？」

矢能は昨夜の枝野との遣り取りを話した。なぜ矢能が殺されかけることになったのかを。

「フフッ、なんかピン、ときちまったなぁ」

情報屋は笑った。

「なんだ？」

「二ヵ月くれえ前かな、横浜《よこはま》市内の路上で現金四億が強奪される事件があった」

「ああ」

矢能もそのニュースは目にした記憶があったが、気にしたことはなかった。

「二人の男が運んでたトランクを、三人組が拳銃突きつけて奪って姿を消した。まぁ鮮やかなもんだ」

「それで？」

「犯人は見つかっちゃいねえが、被害に遭った二人は後《のち》に逮捕された。その直前に、百キロの金塊を多重債務者に換金させてたことがわかったからだ」

「密輸絡みか。……それが河村の仕事だってのか？」

「ぽいと思わねえか？」

「それだけじゃな……」

「パクられたのは二人とも菱口組系のヤクザだぞ」

「あ？」

「磬政会系の清武組が、菱口組が密輸して換金した四億を河村に強奪させた。サツのほうは心配ない。だがそこに菱口組を辞めたんだかどうだかわからねえお前《めえ》が現れて、河村を捜して清武組の周りをうろつき始めた。……フッ、河村に会わせられると思うか？」

「…………」

「たとえお前《めえ》を殺してでも河村を見つけさせるわけにゃあいかねえ。そう思うんじゃねえか？」

「あり得ない話じゃない」

「だとすりゃあ、向こうも焦《あせ》ってるだろうな」

「…………」

「清武組の連中はパクられたまんまで、お前《めえ》だけ釈放《パイ》になったんじゃあ落ち着いちゃいられねえからな。河村を海外にでも飛ばすか、いっそ口を塞《ふさ》いじまうか……」

「それとも俺を殺すか」

「なんにしたって時間がねえぞ」

「向こうが動く前にこっちから仕掛ける」

「あ？　なにやらかすつもりだ？」

矢能はガラケーを取り出して電話をかけた。篠木から取り上げたガラケーは、逮捕された際に警察に捕捉されてしまっているので事務所で別のトバシの携帯と取り替えてきていた。

「はい工藤ちゃんです」

「俺だ。矢能だ」

「これはこれは……、えっ？　もう出られたんですか？」

「正当防衛だからな。河村のことはなんかわかったか？」

「いえ、ご報告できるほどのことは……」

「じゃあ、横浜で四億いかれた奴らを知ってるか？」

「え？　ええ、田母神《たもがみ》さんとこの若い衆で、仕切ってたのは曾根《そね》って男です」

「そいつは娑婆《シャバ》にいるんだな？」

「ええ、逃げ切ってます。あの、河村となんか関係あるんスか？」

「四億の事件は河村の仕事だ」

「うわぁー、メチャメチャ楽しい話じゃないですかぁ」

「いまから曾根と会って話がしたい。段取りつけろ」

「了解しましたぁ！」

工藤が歓喜の声を上げた。

2

金塊密輸ビジネスというのは、消費税分の10%を盗むことが目的だ。

海外の多くの国や地域では金の購入には税金がかからないが、購入した金を正規のルートで日本に持ち込むと税関で消費税を納めなければならない。

仮に香港で一億円分、約二十キロの金塊を購入すれば、日本に持ち込む際に消費税一千万円を納めることになる。もちろん金の買取業者に売却すれば消費税分を上乗せした額で買い取ってくれるし、買取業者が購入した金塊を海外に販売すれば消費税分は国から還付される。

金の相場が高騰している現在では、購入価格と売却価格の差額など問題にはならない。つまり密輸によって金塊を国内に持ち込む際の消費税さえ免れることができれば、それがそのまま利益になるということだ。

たかが10%のために密輸というリスクを冒すなんてバカげている、と思うのは素人の考えで、プロにとっては極端にリスクの低いビジネスだと言えるだろう。

空港の税関や国税庁の摘発などによって主婦や外国人の運び屋が逮捕されているのはセミプロの仕事で、ヤクザが組織的に行っているケースでは、ほぼ発覚していないからだ。

ヤクザは元々、覚醒剤や銃器などの密輸のために安定的なルートを確保している。韓国からの高速艇が公海上で日本の漁船に荷を移し、その荷は日本の沿岸で海中に投棄され、さらに沿岸で操業する別の漁船が陸揚げを行う。日本は国土の全てを海に囲まれているため、いかに捜査機関が躍起になったところで全ての沿岸をカバーすることは不可能だ。

ヤクザには、非合法な資金源《シノギ》で得た銀行には預けられない種類の現金の他に、脱税した分を現金で溜め込んでいる金主《きんしゅ》と呼ばれる旦那衆から融通してもらう豊富な資金がある。

ただ寝かせておくくらいなら、仮に四億円を香港の販売業者、韓国からの密輸担当者、日本の買取業者のあいだでグルグル回していれば、一巡するごとに約四千万円の利益が得られることになる。

密輸の部分は非合法だが、他は全て合法的な取り引きだ。

唯一のリスクと言えるのは、その情報が外部のアウトローに漏れた場合だった。いまの世の中電子決済が当たり前になり、どこの金庫にもまとまった現金は置いていない。銀行でさえも大量の現金を置かなくなっている。強盗というビジネスが成立しなくなっていた。

そんな状況の中、これほど旨みのある獲物は他になかった。10%どころではなく、100%が利益になる。こんな獲物を狙わないアウトローはいないし、情報は、常に漏洩《ろうえい》する危険を孕《はら》んでいた。

では情報を得たアウトローは、金塊と現金のどちらを狙うのか。金塊は重いが現金は嵩張《かさば》る。だからどちらでも奪いやすいほうを狙う。福岡では三億八千万円が、大阪や東京でも数千万円単位の現金が奪われる事件が発生している。いずれも金の買付け資金だったと見られていた。

さらに福岡では、警察官に扮した強盗団がおよそ七億六千万相当の金塊百六十キロを強奪する事件があった。福岡で多発するのは、韓国・釜山《プサン》からの金塊の運び込みが容易だからだ。

今回の横浜の事件も、そういったケースの一つに他ならない。

菱口組系笹尾組内田母神組の情報が、磐政会系双和《そうわ》連合会清武組に流れた。清武組若頭の枝野は武装強盗のプロである河村に依頼し、四億四千万円を強奪させた。そういう図式だろう。

「それって、間違いないんですか？」

曾根が言った。曾根は田母神組の幹部で、一家名乗りはしていないが横浜に事務所を構えているという。大学出で、英語と韓国語がしゃべれると工藤から聞いていた。高校、大学を通じてラグビーをやっていたというだけあってゴツい体つきの三十代半ばの男だ。

「本当に、清武組の仕業《しわざ》だと……？」

「俺はそう踏んでる」

矢能は言った。六本木の工藤の事務所には、矢能と工藤と曾根の三人しかいなかった。全員が煙草を吸っている。工藤と曾根の若い衆は、地下の駐車場の車の中で待機していた。

四谷署を出て以降はマル暴コンビの姿を見ていなかったが、なんらかの尾行がつけられている虞《おそ》れはあった。矢能は新宿西口のトルコ料理屋を出ると地下鉄大江戸線で六本木まで来ていた。

常に背後を警戒していたが、尾《つ》けられている様子は感じられなかった。

「矢能さんがそう仰しゃるときは間違いねえんだよ」

工藤が言った。曾根は腑に落ちないという顔で、

「そりゃそうなんでしょうが、なんで清武組に情報が流れるんです？」

「なんか心当たりはないのか？　強盗《タタキ》喰らったあと調べたんだろ？」

　矢能が言った。

「わからんのですよ。換金の件を知ってたのは、ごく限られた身内だけなんで……」

「まず怪しいのは買取業者だな……」

　工藤が言った。

「四億の現金用意させなきゃならねえんだから、いつ金塊《インゴット》を持ち込むかは、事前に伝えてあったんだろ？　そっから漏れたんじゃねえのか？」

　曾根は首を横に振り、

「それはねえよ。そこが信用できなきゃこんな商売はやれねえ」

「本人は信用できても、従業員はどうだかわかんねえだろ」

「ちゃんと調べたよ。どこにも疑う要素はなかった」

「だが、それでもタタかれた。誰かが情報を流したのは間違いないんだ」

　矢能は言った。曾根に歯切れの悪さを感じていた。

「身内の中に、疑わしい奴がいるんだろ？」

曾根は無言で俯《うつむ》いた。

「いるんだな？」

「一人だけ……」

「誰だ？」

「あの、……これ、ここだけの話にしてもらえますよね？」

曾根は腹を括《くく》った眼で矢能を見た。

「話す相手がいない。俺は菱口組とは縁が切れてる」

矢能はそう言った。

「誰だ？」

「田母神《ウチ》の組長《オヤジ》です」

「マジか⁉」

工藤が声を上げる。

「なんで自分《てめえ》ンとこのシノギをよそのヤクザにギャングさせるんだよ？」

「知らねえよ。俺だってそうは思いたかねえけど、他にはいねえんだよ！」

そう言った曾根は、反応を窺《うかが》うように矢能に眼を向けた。

矢能は田母神という男を知っている。あり得ない話じゃない。そう思っていた。

「田母神を疑う理由は？」

「なんか、やたらといろいろ訊いてくるな、って思ってたら、事件のあと急に羽振りがよくなってましてね……。金融先物《デリバティブ》に手ェ出して大ヤケドして、相当ヤバい状況になってたはずなんスけどね、いつの間にか借金キレイにしてベンツ買い替えたりしててね……」

「わかりやすいな」

「ヤクザですからね、疑えるもんなら疑ってみろ、ってなもんなんでしょうよ。組長《オヤジ》を疑ってるような素振りでも見せたら、こっちがアウトですからね……」

「自分《てめえ》の組のシノギをタタいて、田母神に損は出ねえのか？」

「ええ、今回の四億は俺が直《ちょく》で鎌倉《かまくら》の金主から引っ張ってきたもんで、丸々俺の借金です。いまはなんとか利息だけ払って繋《つな》いでますけど、このままじゃ首縊《くく》りもんですよ……」

「酷《ひで》えな……」

工藤が吐き捨てるように言った。

「で、お前はこの先どうするつもりだ？」

矢能が言った。

「もうこのシノギは諦めるのか？」

「いやぁ、俺もヤクザですけど麻薬《クスリ》関係に手ェ出したくはねえし、かと言って年寄り騙《だま》したりとか弱い者いじめみてえなこともやりたかねえんで、国の税金かっぱらうっつうこのシノギを、なんとかゼニ掻き集めて続けていきたいんスけどねえ……」

曾根が大きくため息をついた。

「自分《てめえ》の組長《オヤジ》が信じられねえんじゃ、もう無理っスかね？」

「なんとかしてやろうか？」

そう言った矢能を見る曾根の眼に怯えが走った。

「まさか、組長《オヤジ》に掛け合おうってんじゃないでしょうね？」

「心配するな。田母神に触ったりはしない」

「けどね、そもそも俺は、組長《オヤジ》がよその筋とツルんでるってえのが信じらんないんスけどね」

曾根は、自分の親分と対決する構図になることを避けたがっているように見えた。

「ヤクザのカネをギャングするのはヤクザしかいねえよ」

工藤が言った。

「自分《てめえ》の子分をタタくのに、自分《てめえ》の子分を使えるわけがねえじゃねえかよ」

「…………」

「ヤクザなんてもんはどこでどう繫がってるかわからねえ。お前にだって代紋違《だいもんちが》いのつき合いってもんがあんだろ？」

矢能は言った。

「菱の人間を使えないんだったらよその系列の人間を使う。当たり前のことだ。稼ぎは折半ってことにすりゃあ清武組だって乗ってくる」

「組長《オヤジ》は、二億二千万も懐《ぽっぽ》に入れやがったってことか……」

困惑気味だった曾根の顔に、漸《ようや》く怒りが湧き出ていた。

「で、俺はなにをすればいいんです？」

「仕事の度に田母神にもカネ入れてたんだろ？」

「ええ、アガリの二割を……」

「お前は田母神に、近日中にまた金《ゴールド》を換金するんですが、四億もいかれちまった赤を埋めてるとこなんで、黒ンなるまで組にはカネ入れられませんが勘弁して下さい、そう言え」

「えっ⁉」

「田母神《あいつ》がまたタタくつもりなら二割のことでガタガタ言ったりはしねえ。それよりもいつ換金するのかを知りたがるはずだ」

曾根は息を飲んで矢能を見つめていた。

「他には誰にも言うな。それでまた狙われたら田母神のクロは確定だ」

「でも、いまはカネもねえし、金塊《インゴット》を用意できませんよ。それがなきゃ換金もできねえし……」

「そっちは俺がなんとかする」

矢能は平然と言った。

「けど、たて続けにタタいて来ますかね？」

曾根が言った。

「急場凌《しの》ぎならともかく、いまは余裕があんのに子分のカネ盗みますか？」

「田母神がそういう考えをする男なら、お前はなにも心配しねえでシノギを再開してるはずだ」

矢能がそう言うと、曾根は悲しげな苦笑《ハナ》いを浮かべた。

「まともなヤクザなら最初から子分のカネを盗んだりはしない」

矢能は言った。

「まともじゃねえヤクザは毟《むし》れるところからはとことん毟る。そういうもんだ」

「清武組のほうはどうなんです？」

工藤が言った。

「罠だと思って警戒するんじゃないですか？」

「清武組《あいつら》は田母神との繋がりがバレてるとは思っちゃいない。それよりも俺が動いたことで河村を持て余し始めてる。いきなり殺しまではしねえだろうが、どこか遠くにやっちまいたいとは思ってるはずだ。そうする前にもうひと仕事やらせられるんなら乗ってくる可能性は充分ある」

「たしかに……」

工藤が頷く。

「爪の長い野郎は、目の前に美味しいエサぶら下げられたら辛抱できねえからな」

「で、襲わせてどうするんです？」

曾根が言った。

「河村を捕まえる」

矢能は言った。曾根は訝《いぶか》しげな眼で、

「矢能さんはそれでいいでしょうけど、こっちはどうなるんです？　実行犯捕まえて突きつけたところで組長《オヤジ》は絶対に認めませんよ。それどころか俺が腹切らされるだけじゃないですか」

「だから田母神には触らねえと言ってんだろう。強盗《タタキ》に失敗した事実が必要なんだ」

「え？」

「田母神には、惜しいところで犯人に逃げられた、とでも言っとけ。田母神はホッとする。バレたら開き直るだろうがバレねえうちはバレねえままにしときてえもんだ。もう二度とお前のシノギを狙おうとはしねえよ」

「ははぁ、なるほど……」

曾根が漸く笑みを見せた。

「少なくとも田母神がクロだと確定すりゃあ、お前にだって対処のしようってもんがあんだろう。それもできねえようならヤクザなんぞ辞めちまえ」

「わかりました。よろしくお願いします」

「よし、じゃあ具体的な計画《プラン》に入るぞ」

矢能は新しい煙草に火をつけた。

3

「あれ、栞ちゃんは？」

矢能の正面のソファーに巨体を沈み込ませて次三郎《じさぶろう》が言った。

「さあな」

そう言ってから矢能は、たしかにもうとっくに帰ってきていていい時間だ、と思った。きのう泣き顔でこの事務所を出ていったきり、栞の姿を見ていない。きっと栞はまだ怒っていて、俺の顔なぞ見たくねえと真っ直ぐ六階の住居に上がったんだろう。

昨夜は情報屋と晩メシを喰い、工藤の事務所で深夜まで計画を詰めた。そのあとは酒を飲みに行って朝方戻り、事務所の奥の部屋で寝た。小学校に出かける栞に睡眠を邪魔されたくないので、矢能が六階で寝ることはほとんどなかった。

「栞ちゃんのコーヒーが飲みてえなぁ」

「うるせえ。飲みたかったらてめえが淹《い》れろ。俺の分もな」

次三郎は聞こえなかったフリをして、いつものタオルでいつものように汗を拭いていた。

「お前、また太ったんじゃねえのか?」

「そんなことねえよ。最近は炭水化物も控えてるし……」

嘘だった。この太ったデカは努力とか辛抱といったものを絶対にしない男だ。おそらく死ぬような病気にでもならない限り、こいつの体重が百五十キロを下回ることはないだろう。

「で、今回は俺になにをさせようってんだい?」

次三郎が言った。

「あした、横浜に行ってもらう」

「なんで?」

「強盗を捕まえる」

「おいおい、管轄外で働いたって、俺の手柄にゃならねえじゃねえか」

次三郎は武蔵野《むさしの》署の盗犯係のデカだ。デカとしても、人としてもどうしようもないクズ野郎だが、ときには役に立つときもある。

「お前が逮捕するんじゃない。俺が捕まえる。手伝え」

矢能は河村を捕まえる計画を話した。しきりに頷きながら聞いていた次三郎が、

「だったらその、こっちの相談にも乗ってくれるよな？」

こいつは常に警察官にあるまじきトラブルを抱えていて、それを自分で解決しようとはせずに、いつも人をアテにする男だ。警察をクビになるどころか、実刑を喰らいそうなところを二度ほど矢能が救ってやったことがある。いまはその貸しを取り立てているところだ。

「俺はお前にカネは貸さないし、カネを貸す奴を世話したりもしない」

矢能は言った。次三郎ははにかんだような笑みを浮かべて、

「いや今回はそんなんじゃなくて、もっとなんつーかこうデリケートな感じの……」

「知らねえよ。お前が俺の仕事をやらねえってんなら、こっちにも考えがあるぞ」

矢能の眼が鋭さを増した。

「や、やるよ。やりますよ。だからさぁ、せめて話ぐらいは聞いてくれよぉ」

次三郎は図体が巨大なクセをして哀れを装うのが上手かった。矢能は盛大にため息をつき、煙草に火をつけた。

「なんだ？」

「フィリピン人の女がいると思いなさいよ。歳は二十七で、かなりいい女だ」

「それがどうした？」

「もう二年ほどつき合ってる。結婚の約束もしてる」

「あ？　お前女房いるじゃねえかよ」

「そこが問題なんだよ。いままではまぁ、なんとなーくぼかして引っ張ってきたんだけど、ビザの関係でそろそろ入籍してもらわないとフィリピンに帰らなきゃならなくなる、って……」

「だったらとっとと離婚しろよ。どうせ女房とは冷え切ってんだろ？」

「そうなんだけど、別れられない事情ってもんがあるんだよっ」

「なんだよ、子供絡みか？」

「その、嫁の実家からかなりの額の借金があって、俺は言ってみりゃあ質草《しちぐさ》みてえなもんなんだ。女房は退職金と年金押さえるためだけに居座ってる。だから俺はずっとペットの犬以下という、屈辱的な扱いにも耐えてこなきゃならなかったんだよっ」

「だったらなんだ？」

「そんな家庭に恵まれない俺がさ、優しいフィリピン女と出会ったら、この女と人生やり直してみたいって思っても無理はねえだろって言ってんだよっ」

「知らねえよ」

なにを言ってやがる。もともとは自分《てめえ》が捜査対象のSMの女王様にどハマりして家に帰らなくなったのをきっかけに、クズ人間だってことがバレたせいじゃねえかよ。

そう思った。

「マリアも相当焦っててさ、あ、マリアっていうのがそのフィリピーナの名前なんだけど……」

「わかってる。で？」

矢能は苛立ち始めていた。

「マリアがさぁ、フィリピンの両親と、妹や弟をこっちに呼んだんだよ。家族で俺にプレッシャーをかけようとしてやがるんだ」

「一気に追い込みかけようってことか……」

「来週には日本に来ちゃうんだよっ」

「だから？」

「なんとかしてくれよぉ！」

次三郎がMAXの哀れさをぶちかましてきた。矢能は大声を出した。

「俺はてめえの仲人《なこうど》か！」

「ちょっとぐらい知恵を貸してくれてもいいじゃねえかよっ！」

「そういう問題は他を当たれ」

次三郎がブツブツ言いながら帰っていったときには窓の外は真っ暗になっていた。

栞は一向に事務所に顔を出そうとはしない。あいつは俺のほうから声をかけるのを待っていやがるんだろうか。そう思った。

「なんでお前《めえ》はもっとシオリンに優しくできねえんだよっ」

ゆうべの情報屋の言葉を思い出した。

矢能は六階に上がった。そこにも栞はいなかった。


「あ、こんばんは……」

おねえさんは、矢能に対して少し戸惑ったような表情を見せた。矢能は狭い店内を見回してみたが、美容室にも栞はいなかった。他の客もいなかった。

「こないだは本当に済まなかった。それと、逮捕の件は間違いだ」

矢能は言った。これは事実であって言いわけではない。

「探偵の仕事ではよくあることなんですか？」

彼女が言った。

「さあ、他の探偵がどうしてるのか俺は知らない」

「前の探偵さんは、しょっちゅうケガをしていました」

「ああ、知ってる」

「お父さんがケガをすると、栞ちゃんが悲しみますよ」

「俺はケガをしないんだ。ただ相手がケガをする場合があるんで今回のような間違いが起きる」

「やっぱり危険な目には遭うってことですね」

「今回は偶々《たまたま》だ。普段はそうでもない」

「常に、栞ちゃんのことを考えて行動して下さい」

「ああ、そうする」

矢能の応えに彼女は微笑みを返した。

だが、いつものチャーミングな笑顔には程遠かった。

「で？　そのことのためにわざわざ来て下さったんじゃないですよね？」

矢能が頷く。

「栞が帰ってこない。携帯に電話しても出ない。なにか知らないか？」

「いえ……」

「なにかわかったら知らせて欲しい」

矢能はメモ用紙に書いてきたスマートフォンの番号を渡した。

「LINEでメッセージしてみます。返信があったらご連絡しますから」

「済まない」

彼女に背を向けて歩き出す。

「あ、そうだ」

矢能の足が止まった。振り返ると彼女はレジカウンターに駆け寄って、抽出しから白い封筒を取り出した。矢能に近づいてきてそれを差し出す。

「これ、一昨日《おととい》のお店の領収書とお釣りです」

そんなものはいらないと言おうとしたが、彼女はさらに言った。

「ご心配はいらないと思います。栞ちゃんは用心深いから車道に飛び出したりはしないし、知らない人について行ったりもしません。防犯ブザーも持ってるし」

「知ってる」

「いまはちょっと、お父さんと顔を合わせたくないだけなんだと思います」

「ああ」

「栞ちゃんはバカなことなんてしないので、怒らないであげて下さい」

「怒ってるのはあいつのほうだ」

「優しくしてあげて下さい」

少し強い口調で彼女は言った。矢能は白い封筒を受け取った。

「努力する」

そのままガラスのドアを開けて美容室を出た。


矢能の事務所があるビルと通りを挟んで向かい側の汚い中華屋でメシを喰って戻ると、ほどなく曾根から電話がかかってきた。矢能はソファーの定位置に腰を下ろして煙草に火をつけた。

「どうだ？」

曾根に上手く芝居ができるのか、それだけが心配だった。

「田母神の野郎《オヤジ》、ありゃ完全にクロですわ」

苦々しげに曾根は言った。

「怪しまれてねえだろうな？」

「全然。前の犯人もわかってねえのに大丈夫かぁ、なーんて心配してるフリしやがって、根掘り葉掘り訊いてきやがりましたよ」

「上手くいったんだな？」

「ええ、こっちも、前の件で学習してんだから抜かりはありませんよ、っつって自慢話のように吹き込んでやりました」

曾根は楽しそうだった。そのときテーブルの上のスマートフォンが震え出した。

「じゃあ予定通りに進めるぞ」

「了解です」

ガラケーを切るとソファーに放り出し、スマホを手に取った。美容室のおねえさんからの着信だった。

「どうだった？」

「栞ちゃんから返信がありました。普通にしてるから心配しないで下さい、と書いてあります。いまどこにいるのかは教えてくれません」

本当は知っているのだろう。矢能はそう思った。

「充分だ。ありがとう」

電話を切る。そのまま六番町《ろくばんちょう》の婆さんに電話をかけた。四ツ谷駅からすぐの千代田区六番町の裏通りにある、バブル期の地上げから辛うじて生き延びた古びた一軒家に八十近い婆さんが独りで住んでいる。その婆さんとは九年ほど前にちょっとした事件絡みで知り合っていた。

当時ヤクザだった矢能は婆さんとその家をなにかと利用させてもらうようになり、いつしか婆さんとは親戚づきあいのような関係になった。

栞を孫のように愛し、いつでも栞が訪ねてくれることを望んでいる婆さんだ。栞が普通にしていられる場所は、ここしか考えられなかった。

「はい、もしもし……」

「俺だ。矢能だ」

「………」

矢能からの電話には、いつも弾んだ声を出す婆さんが沈黙している。

「栞が行ってるか？」

「来てないよ」

わかりやすい婆さんだ。

「あとで迎えに行く」

「だから来てないってば。あたしゃシオちゃんの行き先なんか知らないんだよっ」

矢能は笑って電話を切った。

4

「で、矢能はなにを探ってるんだ？」

砂川という名のデカが言った。本部の一課が乗り込んできてるってことは、矢能は本当に児嶋の事件のために動いているのかも知れない。志村鉄矢《てつや》はそう思った。

「ガスのことを調べてるのはわかってる。無駄な説明はいらん」

砂川は、取調室の椅子に座らせられている志村の脇に立って両手をデスクにつき、覗き込むように顔を寄せてくる。

「具体的に、矢能はお前からなにを聞き出そうとしてたんだ？」

「ガスと親しかった奴を教えろって……」

「教えたのか？」

「いや……」

「なぜ教えない？」

「知らねえからだ。俺はガスのことなんかなんにも知らねえんだ」

「お前、逮捕《パク》られたいのか？」

「………」

志村は逮捕されてはいなかった。銃も持っていなかったし、鼻の骨と歯を折られた被害者でもあったからだ。だがその立場は微妙だった。サツはパクろうと思えばいつでもパクれる。それは充分わかっていた。

「いいか、俺を怒らせるなよ」

砂川の眼は冷たかった。志村はこのデカが怖かった。別に暴力デカといったタイプではない。中肉中背で大人しそうなサラリーマンみたいな奴だ。だがこんなタイプのデカが、平気で折れた鼻を捻《ねじ》り上げたりしてくることを志村は知っていた。

取調室に連れてこられる前に医者に診《み》てもらってはいた。傷口を消毒してからレントゲンとCTを撮った。いまのところ、脳に異常は認められないとのことだった。鼻全体をガーゼで覆ってテープで止められた。それで終わりだった。腫れが引くまではなにも処置はできないと言われた。鎮痛剤をもらってすぐに服《の》んだが、いまも顔中が疼《うず》いていた。

「二度と俺に対して、知らない、という言葉を使うな」

砂川の指先が、ガーゼを優しく撫でていく。

「お前のケガがどれだけ増えても、それは全て矢能がやったことになるんだ」

志村はゴクリと唾を飲み込んだ。

「ガスと親しかったのは誰だ？」

「…………」

「お前は知ってる。それがわかってるから矢能は何度もお前に会いに行ったんだ」

「…………」

「よし、お前が答えやすい質問にしてやろう。矢能はなんのためにそいつを捜してるのか、理由を言ったか？」

「えー、その、児嶋は無実だ。裏も取れてる。ただ、事件のときにサツに知られちゃマズい場所にいたんでアリバイを主張できない。そのせいで児嶋は死刑にされようとしてるって……」

「裏も取れてる。……本当にそう言ったのか？」

「ああ、間違いなくそう言ったよ」

「じゃあその、ガスと親しかったっていう男を見つけ出せば、児嶋の無実を証明できるってのか？」

「まぁ、矢能の野郎はそのつもりなんだろうよ」

「その男の名前は？」

「………………」

「お前が知らない男ってことで構わん。矢能がなんという男を捜してるのかを訊いてるんだ」

「………………」

「矢能がどこの誰ともわからない人間を捜してお前らに殺されかけるわけがない。奴はお前らの触れられたくない部分を突いてきた。そうなんだろ？」

「………………」

「お前らはその男を隠しておきたい。だから矢能に教えないどころか矢能を殺そうとした。そうだな？」

「………………」

「いいか、俺はお前からなんでも聞き出すことができるんだ。そのガーゼを真っ赤に染めてやることもできるし、パクってじっくり締め上げてもいい」

「………………」

「なんならお前が若頭《かしら》の枝野を売ったたって触れ回ってもいいぞ。お前はヤクザ業界で評判の口の固い男、ってわけでもなさそうだからな。みんな信じてくれるだろうよ」

「………」

志村は、自分の腕が震えていることに気がついた。

「どこにも居場所がなくなるぞ。それどころかお前が枝野の裁判で証言できなくなることを望む奴が出てくるかも知れん」

「………」

河村、という名前が喉元までせり上がってきていた。だが口の中がカラカラに乾ききっていて上手く言葉を発することができなかった。

「だが俺は、そんなことはしない」

「え？」

「俺はその、矢能が捜してる男なんぞになんの興味もないからだ」

「………」

「警察は、その男を見つけようとは思っていない。……どうだ、嬉しいか？」

「………」

話がどこに向かうのかわからなかった。だが、悪い方向ではないような気がした。少しずつ、口の中に唾が湧いてくるのがわかった。

「俺の望みは、矢能がその男を見つけられないことだ。お前らもそうだろ？」

「ええ」

「だったら俺たちは、協力し合えるんじゃないか？」

「はい」

「俺はお前をいますぐ自由の身にしてやれる。お前は直《ただ》ちにその男を矢能の手の届かないところに追いやる。そいつが生きていようと死んでいようと、俺は気にしない。できるな？」

「できます」

「じゃあ帰れ」

志村は素早く椅子から起ち上がった。

四谷署を出た志村は、すぐに河村に連絡を取った。緊急に、話し合わなければならない問題があると言った。一時間後にいつもの場所で会うことになった。

街は日が暮れかけていた。志村は何度も背後を振り返りながら地下鉄の駅に向かった。警察の尾行は心配していなかった。矢能に見張られていることを怖れていた。

まさか矢能も、俺がこんなに早く解放されるとは思っちゃいないはずだ、とは思いながらも。

「酷《ひで》えツラだな」

助手席に乗り込んだ志村を見るなり、運転席の河村はそう言った。笑っていた。

「で、なにがあった？」

志村は、矢能が現れて以降のことを話した。新宿サブナードの地下駐車場に駐めたワゴン車の中だった。砂川というデカとの遣り取りまでを一気に話し終えると、

「なるほど、お前は俺に、どっか田舎に隠れてろって言いたいわけか」

河村が言った。ドジャースのベースボールキャップを目深に被りチェック柄のネルシャツを着ていた。顔の下半分は密集した髭で覆いつくされていて、大きめの鼻以外のパーツが確認できない。縮《ちぢ》れたクセ髭が豪快に盛り上がって実際よりも顔を下膨《しもぶく》れに見せていた。

「俺にはまだやらなきゃならんことがある。東京を離れるわけにはいかねえな」

河村はマルボロをくわえてジッポーで火をつけた。かつてイラクで従軍していた元海兵隊員だと紹介されても信じてしまいそうなタイプの男だった。

「ほんのしばらくのことだ。すぐに戻ってこられるさ」

志村は言った。

「児嶋の裁判が始まれば、矢能だって諦めるに違いねえ」

「児嶋のことは、気の毒に思ってんだ」

河村が言った。

「俺はガスが犯人だって知ってるし、ガスを児嶋に紹介したのは俺だからな」

「だからってどうしようもねえだろ？　あんたは仮釈放違反でサツに追われる身なんだぜ」

「そうだな」

「俺らとしてはあんたと矢能を接触させるわけにはいかねえし、サツともそれで話がついてる。ここは従ってもらうしかねえんだよ」

「俺は絶対に東京を離れない、と言ったらどうする？」

「いや、でも……」

「俺を殺すか？」

河村は笑っていた。この男がいつも銃を身につけていることを志村は知っていた。

河村は銃を扱うプロだ。そして恐ろしく用心深い男だった。

「俺には無理だ」

志村は言った。河村は満足げに頷き、

「よくわかってるじゃないか。心配するな、お前らに迷惑はかけない」

「どうするってんだ？」

「もし俺がその矢能ってえのに見つかったら、その場で俺が矢能を殺す」

「………」

「それで問題は解決だ。そうだろ？」

それはそうだ。志村は思った。だが……。

「矢能を甘く見ないほうがいい。あいつは普通じゃねえ」

鼻のガーゼを撫でながら言った。

「俺を見損なわないほうがいい」

そう言った河村の右手にはゴツい自動拳銃《オートマチック》が握られていた。その銃口は志村の胸に向けられている。いつ抜いたのか、全く気づかなかった。息ができない。そのとき、唐突に音楽が鳴り始めた。志村のスマホの着信音だった。

「出てもいいかい？」

志村は訊ねた。そして大きく息を吸った。

笑顔で頷いた河村が、銃をネルシャツの裾の奥に戻した。志村はズボンのポケットから出したスマホを見た。液晶画面には〈大物X〉と表示されていた。

「はい、志村です」

顔も名前も知らない相手だった。組長《オヤジ》よりも格上の人物だとだけ聞いている。

「枝野はどうした？　何遍《なんべん》電話したって出やがらねえぞ」

「あの、四谷署に勾留されてまして……」

「あ？　パクられたのか？」

「ええ、そう大事《おおごと》にはならねえと思いますが、まだしばらくは……」

「じゃあしょうがねえ。お前でいい」

「何事《なにごと》でしょう？」

「また金《ゴールド》の取り引きがある。今度は三億だ。やれるか？」

「えっ？」

「相手はこないだと同じ連中だ。四億の損失を取り返そうと必死らしい。前回で学習してるからもう大丈夫だ、なーんて甘いことほざいてやがる。楽勝だろ？」

「いつなんです？」

「あすの午後だ。情報が漏れねえように直前まで内緒にしてたようだ。ま、意味ねえけどな」

電話の向こうから笑い声が聞こえた。こいつはいったい何者なんだ？　田母神組に盗聴器でも仕掛けてるってのか？

「準備の時間が無さすぎますよ」

「そっちにゃプロフェッショナルがいるんだろ？　なんとでもなんだろうがよ」

「とにかく、すぐに動けるかどうか確認してみますんで……」

「おう、あとでまた連絡する。詳しいことはそんときにな」

電話が切れた。河村が、どうした？　と言いたげな顔でこっちを見ていた。志村は電話の内容を伝えた。

「三億か」

河村が笑みを浮かべる。

「こっちの取り分は、前回同様20パーだぞ」

「大丈夫か？　罠じゃねえかな？」

志村は言った。頭には矢能の存在があった。いや、矢能がこの件と河村との繋がりを知ってるはずがない。それを知られないために、河村に関しては一切情報を与えていないのだから。

「なんのための罠だ？　前の四億を取り戻すためか？」

河村が笑い声を上げた。

「ヤクザ者《もん》が仕組んだ罠なんぞクソみてえなもんだ。俺を誰だと思ってんだ？」

河村が顎を上げた。キャップの庇《ひさし》の陰から、河村の眼が現れた。その眼は笑ってはいなかった。

「俺を見損なうなって言ったろう？」

志村の背中を冷たい物が滑り落ちていった。

5

自分で運転してきたレクサスを家の前に駐め、矢能は呼び鈴を鳴らした。しばらくして玄関の磨《す》りガラスが嵌《はま》った引き戸を開けた婆さんは、矢能と目を合わせられないようだった。

「シオちゃんは来ちゃいないよ」

視線を彷徨《さまよ》わせながら婆さんが言った。

「でも、だからって心配はいらないと思うけどさ……」

「俺は栞を無理に連れ戻すつもりはないし、叱《しか》るつもりもない」

矢能は言った。

「え？」

漸《ようや》く婆さんの眼が矢能を捉えた。

「自分が出来のいい父親じゃないことは自覚してる」

「栞が俺と会いたくないと言うならそれでもいいし、帰りたくないんだったらそれで構わない」

「だったら……」

「それでも、迎えに来ないよりはいいだろ？」

「そりゃそうだよ」

婆さんはホッとしたように笑みを漏らした。

「栞の様子は？」

そう訊ねたとき、婆さんの背後の廊下を近づいてくる栞の姿が見えた。矢能の視線に気づいた婆さんが振り返り、栞のために脇に避《よ》けた。

栞は、矢能の前で足を止めた。強張《こわば》った表情をしている。矢能は栞の顔を見つめたまま、かける言葉が見つからずにいた。

栞が右手を矢能の顔の前に持ち上げた。その手には、銀行の預金通帳と印鑑ケースがあった。意味がわからなかった。

「あなたに、お仕事を依頼します」

栞はそう言った。

「これで足りなかったら貸しておいて下さい。必ず返します」

「…………」

「美容室のおねえさんのこと、なんとかして下さい」

力のこもった声だった。

「わたしには、おねえさんが必要なんです」

あるいは母親が。

「わかった。引き受けよう」

矢能は言った。

「料金は仕事が終わってから請求する。通帳とハンコはそれまで仕舞っておけ」

栞は右手を下ろした。緊張がほぐれたのか、大きく息を吐き出す。そして、

「今夜はおばあちゃんに泊めてもらう約束をしたので……。でも、あしたは家に戻ります」

「お前がそう思うなら」

矢能は婆さんのほうを向いて姿勢を正し、

「栞を頼みます」

そう言って玄関を出た。

レクサスに乗り込むと、煙草に火をつけて大きく煙を吸い込む。栞の気持ちが痛いほどわかった。

夜の裏通りの車の中で矢能は思った。これで俺のプライベートな問題ではなくなった。もう美容室のおねえさんを口説く必要もない。仕事として栞のために問題を解決すればいいだけのことだ。だったら俺にできないわけがない。

ギアをD《ドライブ》に入れ、静かにアクセルを踏んだ。

酒を飲みに出る前に車を置きに事務所に戻るために靖国通りを走っていると、尾行されていることに気がついた。夜のバックミラーにはヘッドライトしか映らない。

マル暴コンビのマークXなのかどうかは確認のしようがなかった。

矢能はかつての厚生年金会館の辺りを過ぎると脇道に逸れ、しばらく進んでシャッターが閉じている商店の前にレクサスを駐めると車を降りた。

その矢能に眩《まぶ》ゆいヘッドライトを浴びせながら近づいてきて、レクサスのすぐ後ろに駐まったのは、やはりグレーのマークXだった。両側のドアが開いて、マンボウ顔とキツネ顔が降りてくる。

「おうおう矢能ちゃんよお、尾行に気づいたぞって自慢してえのか？」

マンボウ顔が言った。

「今夜は誰に殺されに行くんだ？」

キツネ顔が言った。

こいつらがいつから尾行を始めたのかがわからなかった。六番町の婆さんの家まではマークXの影も形もなかった。矢能は言った。

「俺が四谷署にいるあいだに、この車にＧＰＳでも仕掛けたのか？」

「おいおい、そりゃ違法行為だぞ。法を守る立場の警察官がそんなことするわけねえだろ」

すっとぼけたツラでキツネ顔が言った。

「もしそんなことした野郎がいるとしたら、それは俺たち以外の誰かだ」

ニヤニヤ笑いながらマンボウ顔が言った。

車だとは限らなかった。逮捕された際に、所持品は全て取り上げられた。それらを取り戻すまでのあいだに、スマートフォンにＧＰＳ信号を追跡できるアプリを忍ばせられている可能性は充分にあった。それがどういうものなのか矢能は知らない。だがテクノロジーの進歩によって用心しなければならない項目が大幅に増えたことだけは間違いなかった。

「いつまで追っかけ回すつもりだ?」

矢能は言った。

「さあな、児嶋の裁判が始まるまでじゃねえか?」

マンボウ顔が言った。

「あるいは金山って検事が安心して眠れる日が来るまでかな?」

キツネ顔が言った。

「そんな日は来ねえよ」

矢能はレクサスに乗り込んでエンジンをかけた。


酒を飲みに出る気は失せていた。

矢能は、事務所には寄らずに六階に上がった。冷蔵庫から出した缶ビールを、栞のいないダイニングテーブルで飲んだ。

矢能の計画が上手く運べば河村を捕まえられる。河村はプロだ。プロというものはシンプルかつ合理的に仕事を進めるものだ。そして不確実な要素を嫌う。それならば矢能の計画にハマるはずだった。それでも上手く行かなければ別の手を考えるだけのことだ。

仮に河村を捕まえられたとして、それで児嶋被告が救われるとは限らない。事件についてなにも知らない可能性もあるし、知っていたとしてもそれを証明するものがなにもなければ、法廷で証言する以外に役には立たない。

強盗の前科があり、現在仮釈放違反で手配されている男が法廷に出てきても、その証言がどれほど裁判員の心に響くものなのか。検察側が徹底的にその証人の信用性を毀損《きそん》するのは目に見えている。そもそも、河村が証人になることに同意すること自体が考えられないことだった。

鳥飼弁護士は、それでもいいからとにかく河村を見つけろと言う。なにかが出てくるかも知れないし、自分が河村を説得して法廷に立たせると。まぁ彼女にしてみれば、藁《わら》にも縋《すが》る思いなのかも知れない。所詮《しょせん》、法律を遵守《じゅんしゅ》する立場でできることには限界がある。

俺は、どこまで児嶋を救う気でいるのか。矢能はそう自問した。

河村を捕まえて鳥飼弁護士に渡せば矢能の仕事は終わりだ。それで五百万の稼ぎになる。もし河村が裁判の役に立ってくれたなら、稼ぎは一千万に増える。結果として児嶋が死刑になろうがなるまいが、矢能には関係のないことだ。

本気で児嶋を死刑から救おうと思うのなら、やれることは他にもあった。

警察や検察が事実を捻《ね》じ曲げて、児嶋を死刑にしようとするのなら、矢能がさらに事実を捻じ曲げて児嶋を無罪にすることだって不可能ではない。だが、なんのためにそこまでしなければならないのか。

それを為し遂げるにはいくつもの罪を犯さなければならない。そうまでして会ったこともない児嶋を救う理由が、矢能には見つからないだけのことだった。

それをやったからといって稼ぎが増えるわけではない。だったら正義のためか？　無実の人間が死刑になるのを見過ごしにはできないという義侠心《ぎきょうしん》か？

児嶋がどんな人物なのかを矢能は知らないが、少なくとも真っ当に生きている人種ではない。犯罪でメシを喰っている男だ。今回の件は無実でも、他に死刑になるような罪を犯していないと誰が言い切れる？

あるいは矢能が救ったせいで自由の身になった児嶋が、この先いつか小学生の女の子をレイプして殺さないと誰が言い切れるのか。そんなことを考えているとテーブルの上のスマートフォンが震え出した。登録されていない番号からだった。

「はい」

「鳥飼です。いま、いいかしら？」

ああ、篠木に届けさせたトバシの携帯からかけているのか。

「すぐにこちらからかけ直す」

そう言って電話を切り、スマホの表示を見ながらガラケーに番号を打ち込む。

「なにか？」

「例の、赤い表紙のノートの件がわかりました」

「ほう」

「検察が隠していたというよりは、わかりにくくしてあったと言うべきなんでしょうね。鑑識の報告書には被害者松村保の右手親指と人差し指のあいだに、ちぎり取られた紙片が挟まっていた、との記述があります」

それなら、矢能にも渡された資料で目にした記憶があった。

「破れていない側の角が少し丸くなっていて、片面が赤で、もう片面がクリーム色だそうよ」

「それがノートの表紙の一部だったたってことか」

「ええ、最近になってそれがイギリスの文具メーカーが製造販売しているノートだということが判明したの。日本での取扱店がごく限られていたせいで、わかるのに時間がかかったらしいわ」

「それで？」

「状況から、そのノートを犯人が奪おうとして揉《も》み合ったと見るのが妥当なようね」

「やはりこっちの仕事には関係なさそうだ」

「そうね。……で、そちらの状況は？」

「あす、河村を捕まえる」

「えっ？　どうやって？」

「それは聞かないほうがいい」

「違法なことはしないでしょうね？」

「ああ、しない」

それについては自信がなかった。

それ以上なにか言われる前に、矢能は電話を切った。

6

河村隆史は水道工事業者の作業車に見せかけた薄汚れた白のワゴン車の助手席から双眼鏡で通りを見ていた。車に乗っているのは四人で、全員が薄いグレーの作業服を着込んでいる。

昨夜、改めて志村にもたらされた詳細な情報によると、田母神組による金塊の換金の際の防犯対策は、武装強盗のプロである河村にとっても、なるほど、と思わせられるものだった。

田母神の連中が横浜市桜木町《さくらぎちょう》にある金の販売買取業者の店舗に金塊を運び込むのが、きょうの午後三時。換金された三億を超す現金は六等分され、それぞれリュックサックに詰め込まれる。

組員の一人の暴走族時代の後輩のバイク乗りたちが六台の単車で午後四時に店の前に集結し、六人のライダーがそれぞれリュックを背負って別方向に走り出す。

再び現金が一ヵ所に集められる時期は未定で、全ての単車の安全が確認されてから決定されるのだという。

襲う側にとって、六台の単車を全て追跡するのは不可能だ。仮に一台に絞って追跡して襲ったとしても、奪える現金は五千万程度に過ぎない。そもそも単車は機動性が高く、いきなり銃撃でもしない限り停車させて制圧するのは困難だ。

四輪の車の場合は前後を車で挟めば停車させるのは難しいことではないし、タイヤを銃撃して停車させてもまずケガ人が出ることはない。だが走行中の単車を銃撃すればライダーが死亡する可能性が高く、死者が出れば警察の捜査は単なる強盗事件とは比べものにならないほどに苛烈なものとなる。

本来この、密輸した金塊を換金した現金、というのが強盗にとって最上級の標的であるのは、一ヵ所に多額の現金がある、というだけが理由ではない。警察が動き出さないというのも大きなメリットの一つだった。なぜなら襲われた側が被害を届けないからだ。

警察が知ることになれば当然ヤクザの資金源としての金塊密輸の追及が始まる。

だからヤクザはどんなに被害に遭っても、銃で撃たれて救急車を呼ぶ事態でも生じない限り表沙汰になるのを避けようとする。

強盗が銃で制圧して、ケガ人も死者も出さずに現金を奪って立ち去れば、ヤクザは泣き寝入りをする以外にやれることはなかった。

二ヵ月前の強奪も、本来なら事件になるはずではなかった。だが襲われたヤクザの一人がバカで、逃走する河村らの車輌に向かって弾が切れるまで発砲し続けたせいで通報され、繁華街での発砲事件として警察が捜査に着手した結果発覚したものだ。

今回、単車が走り出してからでは襲ってもメリットよりもリスクのほうが大きいのは明白だ。

ならば三億の現金が分割される前に襲うのか。いや、それはあり得ない。金の販売買取業者の店舗はセキュリティが厳重で、ボタン一つで最寄りの警察署に通報されてしまう。即座に警察が動き出せば周辺の道路は封鎖され、逃走が極めて困難になる。

「やっぱり、今回は無理だって……」

昨夜志村はそう言った。

「前回は相手が油断してたから上手くいったけど、こう警戒されてたら無理だろ？」

「お前、俺のことを油断してる相手しかタタけねえ野郎だとでも言いてえのか？」

河村は冷たい声を出した。志村は怯えた顔をして、

「いや、そんなつもりじゃ……」

「何度俺を見損なうなって言えばわかるんだ？」

「で、でもどうやって……？」

「換金される前の、金塊を奪う」

「えっ？」

「金塊は分割で届くわけじゃないからな」

「けど三億の金塊っていやぁ六十キロもあるんだ。車に載せるだけでひと苦労だぜ」

「車ごと奪う。そして敵のいないところでゆっくりこっちの車に載せ替える」

「けど、護衛だってついてるかも知れねえし……」

「何人いようが、散弾銃《ショットガン》二丁向けてりゃ誰も動けねえよ」

ショットガンというのは、使用する弾によって数個から数百個もの鉛の粒を一度に撃ち出せる物騒な銃だ。

ヤクザ者ならショットガンの恐ろしさを知らないはずがなかった。

「けど、不測の事態が起きたら……」

「強盗なんてもんは、いつだって不測の事態だらけなんだよ。それに対応できるのがプロってもんだ。奴らは今後も同じことを続けていきてえんだ。そうそう目立つ真似はできねえしな……」

「…………」

「奴らも、今回またやられちまったら情報を漏らしてる野郎を見つけねえ限り二度とやろうとはしねえ。そしてそいつが見つかっちまえば、二度とお前らに情報は入ってこねえ。どっちみちこれがラストチャンスだ。お前、億の稼ぎを諦められんのか？」

「いや……」

「心配するな。現場の空気でヤバそうだと思えば俺も無理はしない。まぁ任しとけ」

その結果、河村とその一味の四人はいま、金塊が運び込まれる店舗が見通せる場所にワゴン車を駐めて待機している。午前中に周辺の下見を済ませ、金塊を載せ替える場所として使う駐車場も決めてあった。

腕時計を見る。午後二時四十五分。河村は車内の男たちに言った。

「用意しろ」

全員が塗装作業用のグレーの防塵マスクを着け、工事用の黄色のヘルメットを被った。手には薄いラテックスの手袋をしている。後部座席の二人が、銃身と銃床を限界まで短く切断した鳥撃《バードショット》ち用の三号弾を詰めた12番径《ゲージ》の水平二連散弾銃を手に取る。

できれば銃声を響かせたくはないが、必要とあればためらわずに撃つ。それは武装強盗の鉄則だった。

相手を殺したいわけではないので鹿撃ち用《バックショット》の大粒弾では殺傷力が強すぎる。だから河村たちは殺傷力の低い鳥撃ち用《バードショット》をチョイスしていた。12番径の三号弾は、直径三ミリ強の鉛の粒を一度に約百個発射できる。相手の抵抗する意欲を挫《くじ》くには充分だが、撃たれた人間が死ぬようなことはまずないだろう。河村は腹に9ミリ口径のグロックを挿《さ》していた。実に扱いやすい自動拳銃《オートマチック》だ。ピンポイントで狙わなければならない場合や、相手を殺したり深手を負わせる必要がある場合にはこれを使う。抜き出したグロックのスライドを引いて、初弾を薬室《チャンバー》に送り込む。これで準備は整った。

その車がやってきたのは午後三時を二分ほど過ぎたころだった。

情報通り黒のミニバンのエルグランドだ。河村が声をかけるよりも先に、運転席の崔《チエ》は追跡を開始していた。ゆっくりとエルグランドの後を追う。護衛の車の姿は見えなかった。

すぐにエルグランドが路肩に寄って金の販売買取業者の店舗の前で停車する。河村たちはエルグランドの脇をゆっくり通過すると、いきなりワゴン車を急停止させた。河村が助手席を飛び出し、グロックを向けながらエルグランドの運転席に駆け寄る。

運転席の男が慌てて両手を挙げた。坊主頭の、見るからにヤクザ者といったタイプの頭の悪そうな若い男だ。

ワゴン車の後部座席から降りてきた吉野《よしの》とエンヒケがショットガンを作業着の下に隠して周囲を警戒している。急いで近づいてくる者や、こちらを注視している者は誰もいなかった。

崖の運転するワゴン車は路肩に寄って停車した。エンジンをかけたまま、後部座席のスライドドアも開けたままで待機している。

河村は坊主頭の運転手に手の動きでウインドウを下げるよう指示した。すぐに運転席の窓が開く。河村は車内を覗き込んだ。運転手の他には誰も乗っていなかった。

可怪《おか》しい。簡単すぎる。頭の中で小さな警報が鳴った。車の背後に廻り込んだ吉野が、バックドアのガラスに顔を押しつけて言った。

「荷台にゴツいジュラルミンのトランクが寝そべってる」

「車のキーを寄こせ」

河村の言葉に頷くと、坊主頭が恐る恐るズボンのポケットから取り出したスマートキーを差し出す。河村はそれをひったくるとグロックを手前に振った。

「降りろ」

河村がドアを開けると素直に坊主頭が両手を挙げたまま降りてきた。「どこにでも行け！」そう言おうとして河村は思いとどまった。傍《かたわ》らのエンヒケに、

「こいつをそっちに連れて行け。逃げねえように押さえとけよ」

そう言って運転席に乗り込みエンジンをかける。

かからない。もう一度スタータを押し込んだが、やはりかからない。

そういうことか。渡されたスマートキーはダミーだ。素早く車を降りると、ワゴン車の側《そば》まで行っていたエンヒケに、

「そいつを連れてこい！　車に乗せろ！」

そう怒鳴った。坊主頭の、「えっ⁉」という声が聞こえた。エルグランドの後方を警戒していた吉野にも「乗れ！」と声をかけて運転席に戻る。

坊主頭の背にショットガンを押し当てたエンヒケが後部座席に乗り込むのを待ってエンジンをかけた。一発でかかった。本物のスマートキーを持っている坊主頭が車内にいるからだ。吉野が乗り込んで、坊主頭をエンヒケと挟んで座った。

黄色のヘルメットを助手席に放った河村が車をスタートさせる。フェンダーミラーの中に雀のワゴン車がスライドドアを閉じながら動き出すのが見えた。

エンヒケも吉野もヘルメットを後ろの荷台に放った。だが誰も防塵マスクは外さな

かった。

「重《おも》っ。このトランク全然動かねえぞ」

背もたれ越しに荷台に手を伸ばしていた吉野が言った。エンヒケが笑い声を上げ、

「重いったってたかが六十キロだぜ。動かねえってこたぁねえだろ」

「本当だって。こりゃあ六十キロどころじゃねえぞ。ウソだと思うならお前がやってみろっ」

坊主頭がクスクス笑い出した。

「それは動きませんよ。ボルトで固定してあるから」

「あ⁉　どういうことだ？」

エンヒケが言った。

「盗まれねえように床にボルトで留めてあるんだ」

「あ⁉　だったらどうやって運ぶんだよ？」

吉野が言った。

「トランクを開けて、中身の金の延べ棒だけを取り出して、それを台車で運ぶんだ」

「じゃあトランクのキーを出せ」

エンヒケが言った。

「俺は持ってねえんだ。さっきの店の中で待機してた奴が……」

「まあいい。こんなトランク、二分もあれば開けられる」

吉野が言った。

スピードを出し過ぎず、流れに乗せて車を走らせながら河村は些《いささ》か感心していた。田母神組の奴らは現金を奪われないことに気が行き過ぎて、金塊のほうのガードが疎《おろそ》かになっているんじゃないのか。最初はそう思った。だがスマートキーの件でそうではないことに気がついた。そしていまでは、しっかりとプランが練られていたことがわかった。

金塊を運搬する車の荷台にトランクを固定しておく。強盗に襲われても、トランクのみを奪われることはない。その場で中身の金塊を他の車に載せ替えるのには時間がかかる。強盗は車ごと奪うしかない。そうなったときには運転手が偽のスマートキーを強盗に渡す。そして走って逃げる。

エンジンがかからないから車を奪うことはできない。結局、強盗はなにも盗らずに逃げ出すしかなくなるというわけだ。目立つ護衛などつけずに強盗を防ぐ、なかなかよくできたやり方だ。

だが河村は違和感を覚えた。だから運転手を逃さず押さえておいた。そして車ごと金塊を奪うことに成功した。人質も確保した。河村は、プロとしての自身の対応力に満足していた。

しかしまだ終わったわけではない。すでに田母神組の連中が騒ぎ出しているはずだ。この車にも、GPSの発信機が取りつけられているに違いない。あとは時間との勝負だった。

金塊を載せ替える場所に決めてある地下駐車場までは僅かな距離だ。いまのところ追跡してくる車も見当たらない。なんとかなりそうだ。河村はそう思った。

逃走用の目立たない4ドアセダンを駐めてある地下三階に向かう。エルグランドの後ろを崔の工事作業車がぴったりついてきていた。

階段室に近い地下三階の奥まった場所には、空いた駐車スペースがいくつも残っていた。河村は臙脂《えんじ》色のアコードのすぐ隣にバックで駐車した。崔はアコードの正面にワゴン車を駐めている。

河村が車を降りようとしたとき、階段室のほうから男が一人近づいて来ているのが見えた。やたらと太った中年男だ。

河村はとっととこのデブがいなくなってくれることを願った。

だがそいつはアコードの前で足を止めたばかりか、そのままボンネットにデカい尻を載せやがった。

河村はエルグランドの運転席を飛び出した。

「その車、ウチのなんだけど……」

河村の言葉に、穀物がぎっしりと詰め込まれた麻袋のような感じのデブが、上着の内ポケットから取り出した二つ折りの革ケースを開いて見せた。警察バッジだった。

「ちょっと、ご協力願えませんか？」

「え？　なにか事件でも？」

河村は落ち着いた声で応じた。防塵マスクを着けたままでは不自然だとは思ったが、坊主頭を解放するまで外すわけにはいかない。顔を見られたら殺さなければならなくなるからだ。

「いやぁ、私は警視庁の捜査員でしてね、神奈川で起きた事件なんぞにはクソほどの興味もありませんのでね……」

麻袋が言った。

「あ⁉」

罠か？　罠なのか？　だが、どうしてこの場所が知られているんだ？

「私はねえ、あんた方を捕まえに来たんじゃないんだ。メッセージを届けに来ただけなんですよ」

麻袋はずっと笑顔を浮かべている。

「意味がわからんね」

河村はゆっくりと腹に挿したグロックに手を伸ばした。

「もうじき田母神組の連中がＧＰＳの信号を追ってここに大挙して押し寄せてくる。あいつらに捕まると、あんたらは拷問されて洗いざらいしゃべらされてから殺される。そうはなって欲しくないという人物に頼まれましてね……」

「誰だ？」

「河村隆史さんの協力を必要としてる人ですよ」

「矢能か⁉」

河村はグロックを抜いて麻袋の二重顎に銃口を押し当てた。

「やめろよ。俺はデカだぞ」

麻袋が怯えたような声を出した。

「矢能なんだろ⁉」

さらに銃口を二重顎に喰い込ませる。

「そうだ」

背後から声がかかった。

慌てて振り返るとエルグランドの向こうに男が立っていた。危険な男なのはひと目でわかった。

次の瞬間、河村はグロックを矢能の頭に向けて発砲した。

第4章

刑事

1

河村の銃口が自分のほうを向くまで待って、矢能は重心を左足から右足に移した。同時に銃声が響いた。左の耳のすぐ脇の空気を銃弾が切り裂く音が続く。矢能はそのまま腰を落とし、エルグランドの陰に身を隠した。

銃を向けられると予測したとき、早く動いてしまうと動いた先を狙われる。大きく動こうとすると準備動作で反応が遅れる。銃弾は小さい。動く距離は僅《わず》かで足りる。無論危険な賭けではあるが、矢能は武装強盗のプロである河村の銃の腕を信じた。

エルグランドのスライドドアが開いてショットガンを持った男が飛び出してくるのはわかっていた。だから男は、顔を出した途端に矢能の・22オートの銃口を覗き込むことになった。そのとき既《すで》に矢能は男のショットガンの銃身を摑んでいた。

「眼に撃ち込むぞ」

矢能の囁《ささや》きに男は抵抗を諦めた。ショットガンが矢能の手に移る。

河村の仲間だけあってこの男もプロだ。無謀な行動をしないだけの節度を持ち合わせている。男を車の中に押し戻してスライドドアを閉めた。曾根が用意した・22口径のベレッタをズボンのポケットに入れ、両手で構えたショットガンを窓ガラス越しに車内に向ける。男は黙って両手を挙げた。

矢能がそのまま起ち上がると河村と眼が合った。だが、もうその銃口は矢能のほうを向いてはいなかった。河村の後頭部に次三郎がリボルバーを押し当てている。

「銃を捨てろよ」

次三郎の言葉にも、河村は9ミリらしき自動拳銃《オートマチック》を捨てようとはしなかった。

「お前が銃を捨てろ!」

別の声が飛んだ。河村のもう一人の仲間が、運転席の後ろの窓からショットガンを向けているのだろう。だが、河村の背後に立つ次三郎に向けてショットガンを撃てるはずがなかった。

「てゆーか、お前が銃を捨てろよ」

篠木の声が聞こえた。

「早く捨てねえと、このまま絞め落とすぜ」

エルグランドの二列目シートの真ん中に座らせられていた篠木が、窓からショットガンを突き出している男の首に後ろから腕を巻きつけているらしい。あいつがバカ力で絞め上げたら、失神させる前に首の骨を折ってしまうんじゃないか。矢能はそれが心配だった。

ショットガンらしき重い物がコンクリートの床に落ちた音がしたとき、別方向から車のドアが開く音が聞こえた。矢能は音のしたほうに眼を向けた。

通路を挟んで正面の、工事車輛に見せかけたワゴン車の運転席から男が飛び出してくる。右手の拳銃を次三郎のほうに向けて怒鳴った。

「銃を捨てろ！」

その方向からなら次三郎を狙うことはできる。だが、撃たれた次三郎が河村の頭を吹っ飛ばす虞《おそ》れは充分にあった。やはり撃てはしないだろう。

「車に戻れ！」

矢能はその男にショットガンを向けた。

「こっちは撃てるぞ」

男は一瞬躊躇《ためら》ったが、ゆっくり後退《あとずさ》りして開いたままのドアから運転席に飛び乗った。それで勝負は着いた。河村が銃を捨てる。

「オーケー。わかったよ」

グレーのマスクを外して投げ捨てると、顔の下半分がもじゃもじゃの髭で覆われた顔が顕《あらわ》になった。ゆっくりと両手を肩の高さまで挙げる。

「そっちの目的は俺だけのはずだ。他の三人は見逃してくれるか？」

矢能に向かって言った。

「ああ」

「金塊は？」

「そんなものはない」

「あの大層なジュラルミンのトランクは？」

「空《から》だ」

「…………」

疑っている眼をしていた。だが、すぐに気づいたようだ。

「重さでバレねえようにボルトで固定したのか？」

「そうだ」

突然河村が笑い出した。

「上出来だよ。ヤクザ者《もん》にしとくのはもったいねえなぁ」

「ヤクザじゃない。探偵だ」

矢能がそう言うと河村はさらに笑った。声を上げて笑い続けた。なにがそんなに可笑《おか》しいのか矢能にはわからなかった。それが少し不愉快だった。

「崔《チェ》ッ！」

河村がワゴン車に向けて大声を出した。

「アコードに乗れ！　馬鹿な真似はするなよ！」

ワゴン車の男が再び運転席から降りて、油断なく銃を構えて通路を渡ってくる。

「お前たちもだ」

河村は、エルグランドの後部座席の開いた窓から二人の仲間に声をかけた。両側のスライドドアが開き、それぞれのドアから両手を挙げた男が降りてくる。

矢能は自分のいる側から降りた男の背にショットガンを向け、エルグランドの前を廻り込んでアコードに近づいていった。

ワゴン車の男がアコードの運転席に、他の二人が助手席と後部座席に乗り込む。

エルグランドから降りた篠木が床に落ちたグロックとショットガンを拾い上げた。

「行け。俺のことは心配しなくていい。殺されはしない。そのうち連絡する」

河村がアコードに向かって言った。アコードのエンジンが唸り、タイヤを鳴らして飛び出していってすぐに見えなくなった。

矢能は篠木からショットガンとグロックを受け取ると、

「ボディチェックしとけ」

そう声をかけてエルグランドの運転席のドアを開け、二丁のショットガンを助手席のシートに放った。スライドドアに両手をついて素直に篠木のボディチェックを受けている河村の右の膝にグロックを向ける。それを見て次三郎は官給品のリボルバーを腰のホルスターに仕舞った。

「さすがだなぁー。本当《ほんと》に上手く行っちゃったよ」

次三郎が矢能に笑顔を向ける。

「俺、頑張ったよな？　役に立ったよな？　だったらこっちのほうの問題も……」

「黙ってろ」

「あの、これだけです」

篠木が、河村のポケットから取り出した物を矢能に差し出す。ガラケーとダミーのスマートキーとグロックの予備の弾倉《マガジン》だけだった。

「あとは煙草とジッポーと裸の現金が少し……」

「もういい。それはお前が持ってろ」

矢能はポケットが膨らむのが嫌いだからだ。体を起こした河村が矢能を振り返る。

「こんなにのんびりしてていいのか？　ＧＰＳの信号を追って、田母神の連中がそろそろ来るんじゃねえのかよ？」

「ＧＰＳは無い。だから田母神組も来ない」

矢能は言った。

「へっ、そっちもガセかよ」

河村は苦い顔で首を左右に振った。

「乗れ」

矢能はグロックを振った。河村を後部座席に乗せ、そのあとから矢能が乗り込む。反対側から乗り込んだ次三郎が河村を挟んで座った。

「狭《せめ》えよ」

河村が言った。巨大な次三郎と大柄な男二人では窮屈なのは当然だった。

「いまさら暴れたりなんかしねえから、このデブ助手席に座らせろ」

「俺だって我慢してんだ。お前も我慢しろ」

矢能は言った。篠木が運転席に乗り込んでエルグランドが走り出す。

「なんでここがわかった？」

河村が言った。

「俺は強盗に狙われてる側として対策を考えた」

矢能は窓の外を向いたままで応えた。

「次に、その条件で俺ならどうタタくかを考えた」

「なるほど」

「金塊を載せ替える場所の候補は三ヵ所あった。第一候補がここだ」

「ああ、俺も三ヵ所からここを選んだ」

「空きスペースが多くて階段に近い場所をそのデカにチェックさせた。そいつは盗犯捜査のベテランだ。すぐにナンバープレートを付け替えたアコードを見つけた。もう他の候補は調べる必要がなくなった」

「…………」

「あとはただ、待っていればよかった」

矢能の話は終わった。河村もそれ以上はなにも言わなかった。エルグランドが自動精算機の脇で停まった。駐車料金は二百円だった。

尾行を躱《かわ》すために、矢能はレクサスを使わずスマートフォンも事務所に置いて出てきた。その結果マル暴コンビが現れなかったところを見ると、やはりそのどちらかに、あるいはその両方にGPS絡みの仕掛けが施《ほどこ》されているのだろう。

だが、河村を連れて事務所に戻るわけにはいかない。矢能を見失ったマル暴コンビが事務所を見張っている可能性があるからだ。

もちろんこのまま鳥飼弁護士に河村を引き渡せば矢能の仕事は終わりだ。だが彼女に任せてしまえばすぐに河村が姿を消すのは目に見えていた。弁護士が、証人として協力を要請している人物に手錠をかけて閉じ込めておくとは思えない。河村は、厳重に監禁しておかなければ容易に逃げ出すことができるだけの能力を備えているはずだ。それでは成功報酬を受け取ったとしても、矢能がした仕事の全てが無意味なものになってしまう。

矢能は、成功報酬を倍額にするために仕事を続けることにした。第三京浜で都内に向かうエルグランドの窮屈な後部座席で河村に言った。

「このままだと児嶋は死刑になる」

「らしいな」

河村は平然と言った。

「ガスが犯人だって知ってんだろ？」

「知ってる。俺は全部知ってるよ」

その口元には余裕の笑みが浮かんでいた。

「だったら児嶋を救うために協力しろ」

「俺のメリットは？」

「役に立ってくれれば田母神組に引き渡さずにおいてやる」

「フン、じゃあ引き渡せばいい」

「あ？」

「俺は田母神組と交渉する。連中が損失をより多く取り戻すためには、俺の力が必要だってことを教えてやる」

「…………」

「そして児嶋は死刑になる」

「なにが望みだ？」

「俺には、どうしてもやらなきゃならないことがあってな、そのために仮釈放違反を犯してまで東京に戻ってきたんだ。だが、どうやら俺独りではやり遂げられそうにもなくてね……」

「それを手伝えってのか？」

「そっちが協力してくれればこっちも協力する。当然のことだ」

お前は次三郎か！　そう思った。横から次三郎のクスクス笑う声が聞こえた。

「俺は児嶋が死刑になったところで痛くも痒くもない」

矢能は言った。

「そして田母神の連中は血を求めてる」

「だったら引き渡せばいいだろう」

河村は微塵《みじん》も揺るがなかった。

「………………」

「さあ、どうする？」

「お前がこっちの役に立つという保証は？」

矢能は不機嫌な声を出した。

「フッ……」

河村は鼻で笑った。そして、

「俺は児嶋が確実に無罪になる方法を知ってる」

そう言った。

2

河村は、襲撃が成功したにせよ失敗したにせよ、すぐに連絡を寄こすことになっていた。だがいつまで経っても志村のスマートフォンは鳴らなかった。

可怪《おか》しい。こんなに時間がかかるはずがない。ジリジリしながら志村は電話を待った。そして漸《よう》くかかってきた電話は河村からではなかった。

河村の相棒の崔《チエ》からだった。河村が、矢能という男に捕まった、と知らせてきたのだ。思わず恐怖の呻《うめ》きが志村の口から漏れた。

電話を切ったあともなかなか動悸は治まらなかった。あり得ない、という思いと、やっぱり、という思いが交錯した。

「矢能を甘く見ないほうがいい。あいつは普通じゃやねえ」

そう河村に言った志村の言葉は間違ってはいなかった。河村が、矢能を見くびったせいだった。

若衆頭《かしら》の枝野と相談したかったが、枝野は勾留延長でいまも留置場にいる。だが、とてもジッとしてはいられなかった。志村は、砂川というデカから渡された名刺の裏の手書きの携帯番号に電話をかけた。

「はい？」

すぐに砂川の声がした。

「あの、し、志村です」

「ん？」

砂川はすぐにはわからないようだったが、やがて、

「ああ、清武組のボンクラか。……なんだ？」

「あの、えー、あの……」

「なんだ？」

「あの、矢能が、……見つけました」

「なにを？」

「あ、あの、例の……」

「矢能が捜していた男か？」

「そうです。……河村という男です」

「お前は俺との約束を果たさなかったってことか？」

「違います！　河村に拒絶されたんです！」

「俺は、そいつが生きていようと死んでいようと気にしない。そう言ったはずだぞ」

「…………」

「見つけてどうした？」

「つ、捕まりました……」

「つまり、矢能は必要なものを手に入れた、ということだな？」

「けど河村は見つかったら矢能を殺すと言ってました。まだその可能性はあります」

「お前、本気でそいつが矢能を殺せると思ってるか？」

「…………」

無理だ。そう思った。いまさら矢能がそんなミスをするとは思えない。

「そうならなかったら、俺がお前を殺す」

そのまま電話が切れた。

電話を切ると、砂川警部補は金山検事に電話をかけた。

「砂川です。いま、よろしいですか？」

「ええ、短時間なら問題ありません。……どうかしましたか？」

「矢能が、なにか見つけたようです」

「なにか、とは？」

その声に、砂川は微かな怯えの匂いを嗅いだ。

「矢能が、児嶋の無実を証明できると信じるなにか、でしょうね」

「そ、そんなものが存在するのか⁉　それは一体なんなんだ⁉」

金山検事の声は、もう怯えを隠してはいなかった。

「そんなものは存在しませんよ。なぜなら児嶋が犯人だからです」

「…………」

「おそらく偽造証拠の類《たぐい》でしょう」

砂川は金山検事を安心させるためにそう言った。

「だが、矢能はそれが裁判で通用すると思ってるってことだろう？」

安心させることはできなかったようだ。

「まぁ、矢能はそのつもりで工作してるんでしょうがね……」

「早急にそれがなんなのかを突き止めてくれ。もしそれができないようなら、起訴を取り下げることも検討しなければならない」

「なにを弱気になってるんです？　児嶋以外に犯人はいませんよ」

砂川は金山検事の反応を見るために電話をした。よくわかった。こいつは話にならない。

「ただでさえ証拠が乏しい裁判なんだ。さらに被告側の主張を補強する証拠が出てきたら公判を維持できない。死刑を求刑した裁判で敗北を喫するぐらいなら、私は起訴しないほうを選ぶ」

起訴を取り下げられたら児嶋は無罪放免となる。砂川は娘の優香からの尊敬も信頼も全て失うことになる。そんなことはさせない。たとえ、どんなことをしてでも。

「任せておいて下さい」

砂川は電話を切って起ち上がると、椅子の背もたれにかけておいた上着を手に取りあらかた人が出払っている刑事《デカ》部屋をあとにした。


矢能の事務所は中野の駅前の商店街の外れにあった。タクシーを降りると、砂川はその建物を見上げた。一階が駐車場の古びたビルで、二階と三階がオフィス、その上はマンションになっているらしい。

外階段で二階に上がろうとしたとき、短いクラクションが聞こえた。振り返ると、通りの反対側にグレーのセダンが駐まっているのが見えた。左右のドアからマル暴の二人組が降りてくるところだった。

「矢能なら留守だぜ」

キツネが言った。

「あの野郎に用があんなら俺たちを通してもらいてえな」

魚類が言った。

「ここでなにをしてるんだ？　矢能を見失ったのか？」

砂川は腹が立っていた。留守だとわかっていて、ここでサボってやがるのか？

「見失っちゃいねえよ」

キツネはそう言うと、魚類と顔を見合わせて笑った。

「野郎は横浜にいる」

「いまこっちに向かってっから、もうじき戻ってくんじゃねえかな」

魚類が言った。

「GPSか？」

「フッ、あいつが四谷署にいるあいだにいろいろと仕込んでやったよ」

「相手に気づかれたら居場所を偽装されるぞ」

「気づかれねえよ。あいつが警戒してんのは、せいぜい車とスマホぐれえのもんだ」

キツネが自慢げに言った。

「市販のもんと違って警察庁の技術研究所が開発したヤツは、まぁびっくりするほど薄かったりちっちゃかったりするんだ。お蔭でこっちゃあ見失う心配がねえ」

「横浜にいるのがわかっていて、なぜここにいる？」

砂川の言葉に、平然と魚類が言った。

「管轄外だぞ。当たり前じゃねえかよ」

「矢能から目を離さないのがお前らの役目だったんじゃないのか？」

「あのな、せっかくGPS仕込んだってのに、俺たちがいきなり横浜に現れたんじゃ野郎にバレちまうだろ？」

キツネが言った。

「いままでは露骨に尾《つ》け廻してたけどな、今後は隠密に監視することにしたんだ」

「だったら監視しろ」

「監視用のバンが届かねえんだよ。矢能に知られてねえ車がよ」

魚類が言った。

「捜一《そっち》から検察ツツいて、早いとこ用意させろよ」

「お前らがそうやって、無駄な余裕カマしてるあいだにな、矢能は探していたものを手に入れたぞ」

怒りを滲《にじ》ませて砂川は言った。

「なにを？」

キツネの眼が険しさを帯びる。

「河村という男だ」

「そいつは何者《なにもん》だい？」

魚類はまだ暢気《のんき》な顔をしている。

「知らん。だが矢能が清武組を追い回していたのはそいつを見つけるためだ」

「で？　それがなんだってんだ？」

キツネが路上に唾《つば》を吐いた。

「お前らが役立たずだってことだ」

「なんだとこの野郎!?」

魚類が肩を怒らせて顔を寄せてくる。

「そりゃ俺たちのせいじゃねえな」

キツネが言った。

「こっちがせっかく矢能をパクッてやったってのによ、そっちがすぐに出しちまったからだろうが」

「あれは所轄の判断だ」

「そんなもんやりようはいくらでもあんだろう⁉」

魚類が吼える。

「てめえが殴られたことにして公務執行妨害に傷害でもつけて引っ張っとけよ！」

「そういうのは検察が嫌がる」

そう言いながら砂川は、そうしておくべきだったと後悔していた。

「寝ぼけてんのか⁉ そんなんでこっちに責任おっ被《かぶ》せようってのかよ⁉」

キツネが声を荒らげた。

「やってらんねえなぁ」

魚類が吐き捨てる。

「全てはこの先の対応次第だ」

砂川は言った。

「とにかく、早急に矢能の所在と河村の存在を確認したい。ＧＰＳの信号なんぞじゃなくて肉眼でな」

「そっちはどうやって矢能がそいつを見つけたことを摑んだんだ？」

キツネが言った。

「清武組からのリークだ」

「だったらとっととそいつが何者《なにもん》かぐらい聞き出してこいよ」

「ああ、そうする」

「要はその河村ってのをパクりゃいいんだろ？」

魚類が言った。

「清武組が隠してたんなら、叩きゃあ埃《ほこり》まみれの野郎に違いねえ。楽勝だよ」

「勝手に接触はするな。矢能を視認した段階で連絡しろ」

砂川は、裏に手書きで携帯番号を記した名刺を差し出した。

「命令すんじゃねえ」

名刺を受け取ったキツネが挑むような視線を投げてくる。砂川は言った。

「俺のほうが階級が上だってことを忘れてるんじゃないのか？」

「気に喰わねえんなら、こっちはいつ降りたっていいんだぜ」

魚類が言った。

「マル暴に尻ぬぐい頼んどいて偉そうにしてんじゃねえよ」

「今度は俺たちがパクった野郎を簡単に放すんじゃねえぞ」

キツネがそう吐き捨てると、二人組は車のほうに引き返して行った。

ああ、今度は放さない。砂川はそう思った。

3

「どんな方法だ？」

矢能が訊ねる。

「凶器の拳銃の在《あ》り処《か》を知ってる。ガスの指紋だらけのな……」

河村はこともなげに言った。

「…………」

矢能は言葉を失っていた。完璧だ。そう思った。そんなものが出てくれば、裁判をするまでもない。ガスが実行犯であることが確定し、児嶋は直《ただ》ちに自由の身となる。

だが……。

「拳銃を捨てた場所を知ってるってことか？　もし仮にそれが見つかったとしても、ずっと川の底に沈みっぱなしだったり、とっくに錆《さび》だらけだったりじゃあ役に立つとは限らねえぞ」

河村は微かに笑った。

「フッ……」

「捨ててねえんだ」

「あ？」

「ガスにとってはどうでもよかったんだろうよ。人を殺しに行くのに手袋もしない。指紋も拭かない。凶器も捨てない。なんにもなしだ」

河村は、信じられねえだろ？　と言いたげに肩をすくめて見せた。

「だったら、なんでガスの周辺から凶器が見つかってないんだ？」

「俺はな、ガスのために盗んでナンバープレートを付け替えた車と、拳銃を用意してやった。あいつは使い終わると拳銃を載せたままの車を戻してきた。……ガスは死ぬつもりだったんだ」

「ああ」

「俺はあいつに死ぬなと言った。しばらく東京を離れろと。あいつはそれを聞き入れた。少なくとも俺はそう思った。だが結局はクスリのやり過ぎで死んじまった。自殺みてえなもんだ」

「……で、その車は？」

「知り合いの工場の敷地に駐めっぱなしだ。いまもそこにあるのは間違いねえ」

「…………」

「こっちの用件が片づいたら、いつでも案内してやるよ」

河村はニヤリと笑った。

矢能は盛大にため息をついた。

「その用件ってのはなんだ？」

「ある男を捕まえたい」

「そいつを捜せってのか？　時間がかかることをやってるヒマはねえぞ」

「どこにいるかはわかってる。捕まえたいだけだ」

「何者《なにもん》だ？」

「保阪《ほさか》って野郎だ。いまはカタギで、自分で会社をやってる」

「なんで自分《てめえ》でできねえんだ？」

「建物から出てこない。こっちはその建物に入れない」

「あ？　どこだ？」

「六本木ヒルズ」

「…………」

「保阪はヒルズに住んでて、オフィスもヒルズにある。メシを喰うのも酒を飲むのも服を買うのも、全部ヒルズの中で済ませてる。スポーツジムも医者にかかるのも髪を切るのも……」

たしかに六本木ヒルズの住居棟である六本木ヒルズレジデンスは、セキュリティが厳重で侵入するのは不可能に近い。そしてオフィスや商業施設がある森タワーは人目と監視カメラが多すぎて、人を拉致《らち》するのは恐ろしく困難だ。

「一生出てこないってわけでもねえだろう。出てきたところを攫《さら》うしかねえな」

「いつ出てくるかわからんし、ヒルズは出入り口が多すぎる。一週間毎日張り込んでみたが無駄だった。マンションだけで八百戸近くもありやがるからな……」

「捕まえてどうする？　身代金か？」

「違う」

「じゃあ、殺すのか？」

「さあな」

「そいつは、なにをやらかしたんだ？」

「裏切り者だ」

「……六年前にパクられたのは、そいつのせいか？」

「ああ」

「そいつがいまじゃヒルズ族ってわけだ」

「俺の下で稼いだカネを元手に、ネット関連のベンチャーを起業して大成功だとよ」

河村はマルボロをくわえてジッポーで火をつけた。

「そんなもん放っとけ。いまさらそいつを殺しても、なんにもいいことはないぞ」

矢能もセブンスターをくわえてビックの使い捨てライターで火をつける。

「保阪は、俺の息子を盗みやがった」

河村が言った。

「あ？」

「俺が刑務所《ムショ》を出て島根でくすぶってるとき、弁護士を通じてガスが連絡してきた。俺たちを裏切ったあの野郎が、俺の別れた女房と一緒になってるってな……」

「ガスもお前の手下だったのか？」

「ガスも保阪も俺が仕込んでやった。どっちもまだ半人前だったがな」

「そういうことか……」

「六年前俺にガキができた。俺は決心した。生まれてくる子のために、最後にデカく稼いで足を洗うってな」

「だが逮捕された。保阪の裏切りのせいで」

「拘置所に、弁護士連れて女房が面会に来た。離婚届持参でな。サインしたよ。他に俺になにができる？」

「ああ」

「俺はサツにはなにもしゃべらなかった。保阪のことも、ガスのことも、他の仲間のことも……」

「自分でカタをつけるためか」

「ガスは無事に逃げ延びて、ずっと保阪を追ってた。裏カジノでこき使われながら俺が出てくるのを待ってたんだ」

「そのあいだに保阪はビジネスで成功し、お前の息子のパパになってた」

「許せると思うか？」

「………」

矢能は大きく煙を吐き出した。厄介な話だ。そう思った。説得したところで効果があるとは思えない。

「俺は許さない。俺をムショに放り込んだ野郎が俺の息子まで自分のものにしやがった。俺の息子があいつをお父さんと呼ぶ。それを受け入れることは俺にはできん」

「ああ」

「なのに、もう半年近くもなにもできないままだ……」

「わかった」

矢能は言った。

「保阪を捕まえりゃいいんだな？」

「ヤケに簡単に言うじゃねえか」

河村が口を歪める。

「保阪を捕まえてやる。だがお前に銃は渡さない。それでいいな？」

「フン、どうやって捕まえるってんだよ？」

「保阪のフルネームは？」

「保阪芳正《よしまさ》」

「電話番号は？」

「オフィスのならわかるが、個人のは……」

「それでいい」

「……」

河村は、信じられない、という眼で矢能を見ていた。

「このデカに電話をさせる」

矢能は次三郎を顎で示した。

「麻布《あざぶ》警察署の山田《やまだ》と申します。先ほど六本木ヒルズの警備の方から通報がありまして、駐車場に不審な男がいるとのことで警察官を派遣いたしましたところ、男が逃走を図りましたので身柄を確保し、実弾を装填《そうてん》した拳銃一丁を所持しておりましたため現行犯逮捕いたしました。調べに対し男は黙秘を続けており、身分証明書の類《たぐい》も所持しておりませんが、指紋から半年前に刑務所を仮出所した河村隆史、という男であることが判明いたしました。そして所持品の中に保阪芳正、というお名前と住所が書かれたメモがありましたのでこうしてお電話させていただいております。お忙しいとは存じますが、これから麻布警察署のほうにお越しいただいて、心当たりのある人物かどうかのご確認をお願いできませんでしょうか？　もちろんマジックミラー越しですので相手にあなたの姿を見られることはありません」

矢能は一気にしゃべると河村を見た。河村の眼は大きく見開かれていた。

「保阪はお前がムショを出たら必ず自分のところに来るとわかってた。だからヒルズに住んでヒルズから出ない生活を続けてきた。いつかは安心して眠れる日がくることを夢見てな……」

矢能は言った。

「そこにこんな電話がかかってきたら飛んで来ずにはいられない」

「そりゃ間違いねえなあ……」

次三郎が笑い声を上げる。矢能は続けた。

「六本木ヒルズから麻布署までなら、誰だって徒歩で行く。俺は麻布署の近くで待ち伏せて保阪を捕まえる。……どうだ？」

「あ、あんた凄《すげ》えな……」

漸《ようや》く河村が声を出した。


「俺は河村の使いだ」

矢能の言葉に保阪は凍りついた。麻布警察署の並びにあるタリーズコーヒーの前の歩道だった。

「そこの車の窓から、スコープつきのライフルがお前を狙ってる。ヘタに騒ぐと頭が吹っ飛ぶぞ」

背中を押されるまま保阪は、フラフラと目の前の六本木通りの路肩に駐まったエルグランドに近づいていく。

開いたスライドドアから後部座席を覗き込んだ保阪は、河村と顔を合わせた途端に・22口径で腹を撃たれたような顔になった。

「乗れよ」

河村が無表情に言った。

「…………」

保阪は荒い息をつきながら立ちつくしていた。だが矢能が背中を押すとギクシャクした動きで車に乗った。矢能はスライドドアを閉めて助手席に乗り込む。ここに来るまでに次三郎は降ろしていたので、いま後部座席には河村と保阪の二人だけだった。保阪は背中をドアに押しつけて、極力河村との距離を取ろうと努めていた。

「まぁ、リラックスしろよ」

河村が言った。

「……ゆ、ゆ、許して、下さい」

震える声で保阪が言った。三十代前半の、高級そうなスーツを着た顔立ちの整った男だった。

「許すわけがない。お前は俺の息子を盗んだ」

その声は昏《くら》く、死刑宣告のように響いた。

「違う！　俺の子なんだッ！」

保阪が声を張り上げる。

「俺の、血の繋がった息子なんですッ！」

「あ⁉」

「み、見て下さい。見ればすぐにわかります」

そう言って保阪はスーツの内側に手を入れた。河村が即座に身構えたが内ポケットから出てきたのはスマートフォンだった。ボタンを押しタップやスワイプを繰り返してから河村に差し出す。受け取ったスマホの画面を見た途端、河村が凍りついた。

「…………」

絶句したまま河村は動かなかった。矢能は手を伸ばして河村の手からスマホを取り上げた。画面には一枚の写真が表示されていた。

五歳ぐらいの男の子を抱き上げた保阪と、にっこりと微笑む三十過ぎの女が写っていた。幸せそうな家族の写真に見える。

そしてその男の子は、あきらかに保阪との血の繋がりが窺《うかが》える顔をしていた。

事情が読めた。保阪はサツに売る前からとっくに河村を裏切っていた。河村の女房とデキていた。

やがて女が妊娠する。河村と保阪の、どっちの子なのかわからない。だが女は子供を諦めなかった。どっちにしろ自分の子であることに間違いはないからだ。

保阪は恐怖に駆られた。もし生まれてきたのが俺の子だったら、俺は河村に殺される。そう確信した保阪は、河村を刑務所に送った。

生まれた子は、保阪にそっくりだった。保阪の判断は正しかったと言える。そして河村と別れた女と一緒になったのも、必然だったと言えるのかも知れない。

「そういうことか」

矢能は保阪にスマホを放った。

「俺は、女房を寝取った野郎にムショに放り込まれたってわけか……」

河村が言った。

「な、なんでもします！　なんでもしますから、どうか……」

「消えろ」

「えっ⁉」

「俺の気が変わらないうちに、とっとと消え失せろ」

河村はもう保阪を見てもいなかった。保阪は弾かれたようにスライドドアを開けると、車から飛び出していった。

矢能は助手席から降りて後部座席に乗り込み、スライドドアを閉めた。

「俺を、とんだ間抜け野郎だと思ってんだろ？」

河村は矢能に向かって言った。矢能はそれに答えなかった。そんなことはどうでもよかった。

「こっちの用件を片づけに行くぞ」

矢能はそう言った。

4

エルグランドは六本木通りを西麻布方面に向かって走り出した。

「で、その知り合いの工場ってのはどこだ？」

矢能が訊ねる。

「大田区の東糀谷《ひがしこうじや》。昭和島《しょうわじま》の近くだ」

河村が言った。運転席の篠木は頷くと、左折車線に入ってスピードを上げた。

「証拠の拳銃は、サツに見つけさせたほうがいいんじゃねえのか？」

河村が言った。

「まずは、それが本当にそこにあるのかどうかを確認しなきゃならん」

矢能は言った。

「それに、サツに見つけさせると故意に紛失される虞《おそ》れがある」

「なるほどな……」

「ガスの動機は、轢《ひ》き逃げされた看護師絡みなのか？」

「フッ、あんたはなんでも知ってるんだな……」

「轢いたのは松村保か？」

「いや、夏川サラだ」

「ほう」

「ガスの女は、ガスの目の前で撥《は》ね飛ばされたんだ」

「……」

「ガスは、彼女との待ち合わせの場所に向かって歩いてた。前方の横断歩道を彼女が渡ってくるのが見えた。そこに、信号無視の車が突っ込んで彼女を撥ねた。車はそのままスピードを落とさずにガスの横を通り過ぎていった。運転席にいるのが誰なのかはひと目でわかった。超有名な夏川サラだったからだ」

「ああ」

「彼女は即死だった。その日から奴は腑《ふ》抜《ぬ》けのようになっちまった。だが何日経っても夏川サラは逮捕されない。それを知ってガスは俺に連絡してきた。まだ彼女のためにしてやれることが残ってた。そう言ったよ」

「止めなかったのか？」

「俺は保阪を殺そうとしてた。それをガスは手伝ってくれてた。そんな俺が、なんで奴にだけ我慢しろって言わなきゃならねえんだ？」

「…………」

「あれほどの有名人にはおいそれと近づけるもんじゃあない。そこでガスは、都内でライブがある日に夏川サラがリスペクトしてるっていう大物ロックミュージシャンの名前で楽屋に花束を届けさせた。携帯番号を書いたメッセージカードつきでな」

「花の礼を言うために電話をかけてくるってわけか」

「ガスは、轢き逃げの件で話がある。応じなければドライブレコーダーの映像を持って警察に行く。そう言った。夏川サラは応じるしかなかった」

「そして、クスリで繋がりのある松村保に相談した」

「ああ。松村は単なる恐喝屋《ゆすりや》だとでも思って、俺がきっちり話をつけてやる、なんて胸を叩いたんだろうよ。……それで奴も死ぬハメになった」

「そういうことか……」

「ガスはいい奴だった。無口だけど優秀な男だった。脚のケガさえなければ、もっと違う生き方もできたんだろうがな……」

「人生なんてもんは、そんなもんなんだろうよ」

それからは沈黙が続いた。矢能も河村も、無言で煙草を吸っていた。やがて矢能はガラケーを取り出すと、鳥飼弁護士に電話をかけた。

「鳥飼です」

「俺だ。矢能だ」

「ええ、この携帯にかけてくるのはあなただけよ」

「河村を捕まえた」

「えっ！　ほ、本当に？」

「俺の成功報酬は、倍額になりそうだ」

「どういうこと？」

「凶器の拳銃が残ってる。ガスの指紋つきだ」

「…………」

鳥飼弁護士の興奮した息遣いが聞こえてくる。

「もう確認したの？」

「いまから確認に行くところだ」

「騙されてるんじゃないわよね？」

「いまのところ、疑う要素は一つもない」

「わかりました。絶対に証拠に触れないで。くれぐれも証拠を汚染しないよう――」

「俺もそこまでバカじゃない」

「証拠が発見された状況にも、厳格なルールがあるのよ」

「…………」

「裁判所に実地検証を申し立てます。裁判所の書記官と検察官立ち会いのもとで証拠が発見されないと、捏造《ねつぞう》の疑いをかけられるわ」

「ひと月も前に死んで火葬されてる人間の指紋を、どうやったら捏造できるんだ？」

「検察側はどんな言いがかりをつけてくるかわからないわ。もし、その一部でも認められたら、裁判所によって証拠から排除されてしまうかも知れない」

「…………」

「とにかく、証拠存在の正確かつ具体的な場所を確認したら、絶対に証拠には近づかないで、すぐにわたしに連絡して下さい」

「ああ、わかった」

矢能は電話を切った。

「あの……」

運転席の篠木が振り返る。

「マル暴の車が尾《つ》けてきてるみたいです」

「あ？」

信じられなかった。なぜだ？

「さっき、六本木交差点付近でグレーのマークXを見かけたんですが、いまもついて来てます」

エルグランドは六本木通りを西麻布の交差点で左折し、いまは外苑西通りを走っている。このまま証拠品がある場所までマル暴コンビを連れて行くわけにはいかない。

「距離は？」

「いまはかなり離れてますね。近づきすぎないようにしてんじゃないですかね」

「よし、どこかで適当に細い脇道に入れ」

GPSだ。マル暴コンビがいきなり六本木に現れたということは、それ以外に考えられない。車やスマートフォンの他にも、逮捕されて四谷署にいるあいだに、矢能の所持品にGPSの発信機を仕込まれていたということだ。それは一体なんなのか？

あの日とは、スーツもベルトも靴も違う。四谷署で取り上げられたもので、いまも身につけているものと言えば、革の財布と腕時計、鍵束とビックの使い捨てライターくらいのものだ。

オメガのスピードマスターと鍵束には、どう考えてもなにも仕込みようがないのはあきらかだった。だが、だからといって財布や使い捨てライターにGPSが仕込めるものだろうか。

いや、いまはそんな技術的なことを検討している場合じゃない。とにかく、テクノロジーの進歩を甘く見てはいけないというだけのことだ。矢能は財布を抜き出すと、現金と運転免許証を取り出してポケットに戻す。財布を床に投げ捨て、ビックの使い捨てライターも捨てた。

エルグランドは信号を左折して脇道に入った。坂道を登り始める。前方に路上駐車している車が見えた。

「その車の前で停めろ」

篠木に言った。

「俺たちは降りる。お前はこのままずっと走り続けろ」

「えっ？　ど、どこへ？」

「高速に乗って静岡辺りまで行ってこい」

「………」

エルグランドが停車すると河村を促《うなが》して素早く路上に降り立ち背後を振り返る。

まだマークXは曲がってきてはいなかった。そのまま目の前のマンションの敷地に入る。エルグランドはすぐに走り出した。矢能は河村とともに植え込みの陰に身を潜めた。

やがてグレーのマークXが走ってきて通り過ぎていった。一瞬のことだったが助手席に座っていたのはキツネ顔に間違いないように思えた。

二丁のショットガンと河村のグロックは次三郎がエルグランドを降りるときに持ち帰らせていた。今後、銃器摘発のノルマが課せられたときに大いに次三郎の役に立つことになる。次三郎は脱いだ上着で包《くる》んで、嬉しそうに帰っていった。いまも残っている銃器は、矢能のズボンのポケットの中の・22口径のベレッタ・ジェットファイアだけだ。

もし篠木がマル暴に停車を命じられたとしても、エルグランドに違法なものはなにも載っていない。篠木が逮捕される事態にはならないだろう。

「ライターを貸してくれ」

矢能は煙草をくわえると河村に言った。

河村がジッポーで火をつけてくれた。大きく吸い込んで煙を吐き出し、マンションの敷地から出た。すでにマークXはどこにも見えなかった。

「行くぞ」

河村に声をかけると、矢能はガラケーを取り出して坂を下り始めた。

「はい、工藤ちゃんです」

「俺だ。矢能だ」

「これはこれは、お疲れさまでございます」

「いますぐ車が要る。一台都合してくれ」

「いまどちらで？」

「六本木近辺だ」

「だったら、ウチの事務所の地下に金融流れのBMW《ビーエム》がありますから、好きに使って下さい。自分は外に出ちゃってますが、若い者《もん》に用意させときますから」

「ついでにライターも置いといてくれ」

「了解です。ギャングの件はどうなりました？」

「捕まえた。詳しいことは篠木に聞け」

「えっ？　あいつは一緒じゃないんですか？」

「あいつはいま、マル暴を引き連れて富士山を見に行ってる」

「えっ？」

矢能は電話を切った。工藤の事務所が入っているビルは、六本木の交差点と西麻布の交差点の中間ぐらいに位置している。矢能は歩いて行くことにした。

十分ほど歩いてそのビルに着くと、エレベーターで地下二階に降りた。狭い駐車場にBMWは一台だけしか駐まっていなかった。

濃紺のBMWのドアはロックされておらず、ドアポケットにはスマートキーと使い捨てライターが入っていた。

矢能が運転席に乗り込もうとしたとき、エレベーターのほうから靴音が聞こえた。矢能が振り返ると男が一人近づいてきていた。

「よし、そのまま動くな」

男が足を止める。砂川という名の、捜査一課のデカが拳銃を向けて立っていた。

5

砂川警部補のスマートフォンが鳴ったのは、午後五時に近いころだった。

「いま矢能の姿を確認した」

キツネの声だった。

「野郎はいま麻布署の前にいる」

「麻布署？　なにをしてるんだ、そんなとこで？」

「知らねえよ。ただ立ってるだけだ」

「河村は？」

「見てねえ。おそらく、目の前に駐めてる黒のエルグランドに乗ってやがるんだろうよ。なんなら職質かけようか？」

「いや、なにもするな。俺が行くまで目を離すなよ」

電話を切ると砂川は車道に走り出てタクシーを停め、六本木に向かった。

矢能が河村を連れて現れることを想定して、虎ノ門の鳥飼弁護士の事務所が入っているビルの表で待機していたのだ。矢能と河村が現れなくても、鳥飼弁護士のほうが動き出す可能性だってある。

ここから麻布署までなら十分で着ける。今度こそ逃がさない。砂川はそう思った。すでに電話で清武組の志村から、河村のことは聞き出している。ガスと親しかった男で、六年前に強盗罪で有罪判決を受け、半年前に仮釈放されたが保護観察期間中に逃亡。現在は仮釈放遵守事項違反で手配中。縮《ちぢ》れた髭で顔中が覆われた男だ、ということも。

河村が手配中ならば話は簡単だ。見つけ次第パクって、矢能から引き離せばいい。そして矢能がなにを企《たくら》んでいたかを河村から聞き出し、その企みを潰す。それだけのことだった。

だが、タクシーが麻布警察署の前に着いたとき、そこに矢能の姿はなかった。黒のエルグランドも駐まっていない。マル暴のグレーのセダンも消えていた。

おそらく矢能が乗ったエルグランドが移動を開始し、それをマル暴が追跡しているのだろう。矢能の車がまだこの付近にいる可能性を考えて、砂川はタクシーの運転手にゆっくり走るように命じた。

周囲の車に目を凝《こ》らす。

黒のミニバンは数多く走っていたが、それがエルグランドかどうかを確認する間もなく走り去ってしまう。グレーのセダンは見当たらない。

やがて、西麻布の交差点が近づいてきた。信号で停車する。マル暴に電話を入れるしかないな、そう思ってスマートフォンを取り出したとき、前方の横断歩道を渡っていく男に目が止まった。矢能だ！

顔はよく見えないが、その歩く姿は矢能そのものに思えた。髭面《ひげづら》の大柄な男と歩いている。やはり間違いない。あれが河村だ。砂川は急いで料金を払いタクシーを降りた。距離を取って追跡を開始する。

砂川はこの僥倖《ぎょうこう》を神に感謝した。マル暴の二人組はGPSの信号に踊らされて矢能の乗っていないエルグランドを追跡しているに違いない。だが俺は矢能と河村を発見した。幸運の女神は俺に微笑んでいる。そう思った。

矢能と河村は六本木交差点方向に向かって歩道を歩いている。尾行を警戒している様子は窺《うかが》えなかった。やがて角を曲がり姿が見えなくなった。砂川は走った。

曲がり角で足を止め、脇道を覗く。前方の右側のビルに、二人が入っていくところだった。地下に降りていくスロープがある小ぶりなビルだ。二人の姿が完全に消えるのを待って砂川はまた走った。

ビルの入口から中を覗く。通路の奥にエレベーターが見えた。人影はない。砂川は慎重に奥に進んでいった。エレベーターは地下二階で停止していた。エレベーターのボタンを押す。

エレベーターを降りると、奥のほうに矢能と河村の後ろ姿が見えた。矢能が濃紺のセダンの運転席のドアを開けている。河村は助手席側に廻っていた。

砂川は腰のホルスターから警視庁制式のリボルバーを抜き出すと、二人に向かって歩き出す。矢能が振り返った。砂川は足を止めて言った。

「よし、そのまま動くな」

矢能も河村も動かなかった。矢能は無表情にこっちを見ている。

「なんだこいつは？」

河村が矢能に言った。

「児嶋の事件の担当のデカだ。俺の仕事の邪魔をしに来やがったんだろうよ」

矢能が答えた。

「河村隆史だな？　仮釈放遵守事項違反で逮捕する」

砂川は言った。

「両手を首の後ろで組んでこっちに来い」

だが河村は動かなかった。

「手遅れだ」

矢能が砂川に向かって言った。

「もう終わった。児嶋の起訴は取り下げられる」

「ふざけるな！　終わりなのはお前のほうだ。なにを企んでたのかは知らんがな」

砂川は言った。

「ガスが真犯人だという決定的な証拠がある」

「嘘をつけ！　なにを捏造した？」

「捏造じゃない。凶器の拳銃がある。ガスの指紋つきだ」

「！」

息が止まった。胃に重たい石を詰め込まれたような気がした。ほ、本当に、本当に
そんなものが存在するのか？　本当に児嶋は無実だったというのか？

「取り引きしてやってもいい」

矢能が言った。

「あ？」

意味がわからない。

「河村を見逃せ。そうすれば証拠の拳銃をそっちに渡す」

「………」

そういうことか。

「俺の仕事は、河村を鳥飼弁護士に引き渡すことだ。ここで河村を連れて行かれたんじゃあ、俺はタダ働きってことになっちまう」

「児嶋を救いたいんじゃなかったのか？」

「わかってるだろ？　俺は正義の味方じゃない」

「………」

「河村だって、ムショに戻らずに済むんならそのほうがいいに決まってる」

矢能の言葉に、河村の髭面がニヤリと笑った。

「イヤだと言ったら？」

砂川は言った。矢能の口車に乗せられてはいけない。そう思ったからだ。

「鳥飼弁護士はいま、裁判所に掛け合ってるところだ。裁判所の担当者と検察官立ち会いのもとで証拠が発見されないと、捏造を疑われるからだそうだ」

矢能が言った。

「なるほど」

たしかに筋の通った話だ。

「いまならまだ、証拠がなかったことにできるぞ」

「………………」

「俺はカネを手に入れる。河村は自由を手に入れる。そして、お前は手柄を失わずに済む。全員がハッピーになるんだ。悪い話じゃないと思うがな」

「お前の言ってることが嘘じゃなければな……」

「長いことデカやってんだろ？　これが犯罪者が苦し紛《まぎ》れにつく嘘かどうかぐらいはとっくにわかってんじゃねえのか？」

たしかに嘘だとは思えなかった。

だが、矢能は危険な男だ。それは間違いない。矢能の思い通りに事が進むのは気に入らなかった。

この男は殺してしまうべきなんじゃないのか？

ふいにそう思った。河村は放っておいてもどうせずっと警察から逃げ続ける男だ。害はない。だが矢能は違う。きっとなにか仕掛けてくるに違いない。砂川という刑事が証拠を隠滅した、などと騒ぎ立てられたら厄介だ。

矢能だけならば黙殺することもできようが、鳥飼弁護士が砂川を証人として法廷に呼んで追及してきた場合、どのような展開になるか予想がつかない。それでもし裁判で児嶋が無罪になりにでもしたら……。

そんなことになるくらいなら、証拠の拳銃をガスの指紋を拭いてから矢能に握らせて射殺すれば全て片がつく。制止を無視して銃を向けてきたので撃ったと言えば正当防衛で処理できる。

そして児嶋に依頼された元ヤクザが松村保と夏川サラの殺害に使用された拳銃を所持していたとなれば、児嶋の有罪判決への追い風となるのではないか。そうなったときの鳥飼弁護士の顔が見ものだ。そう思うと気分が高揚してくる感覚があった。

「どうするんだ？」

矢能が言った。その声で砂川は我に返った。

「ああ、悪くない話だ。だが、まずはブツを確かめてからだな……」

砂川は言った。自然と笑みが湧いてきた。

「それが信用できるものだったら取り引きに応じてやる」

「ああ」

矢能が言った。砂川は河村を見た。

「それでいい」

河村が言った。そして両手を頭の高さまで挙げる。

「どうせボディチェックするんだろ？　俺はこれだけしか持ってないぞ」

そう言いながら、車の前を廻って近づいてくる河村の右手にはジッポーのライターが、左手にはマルボロの箱と二つ折りにした紙幣が見える。

「さっきこの男にボディチェックされたばかりだからな……」

顎で矢能を示すと苦笑いを浮かべた。砂川の目の前で足を止めると、

「さあ、とっとと済ませてくれ」

「よし、手に持ってるものを車の屋根に置いて、ドアに両手をつけ」

砂川は言った。銃口は河村の腹に向けていた。

「わかった」

その言葉と同時に河村が右手を振り下ろす。頭の天辺《てっぺん》に凄まじい衝撃が来た。

意識が飛んだ。

6

「なにをした？」

矢能は言った。横倒しにＢＭＷの後部ドアに当たり、そのまま床に崩れ落ちた砂川の右手から銃を奪い取った河村は、矢能を振り返ってニヤリと笑った。

「ジッポーの角を脳天に叩きつけてやった」

リボルバーを腹に挿し、両手に持っているものをズボンのポケットに突っ込む。

「人間は、頭頂部の一点に強い衝撃を喰らうと指一本動かせなくなるらしい」

そう言いながら砂川の体をまさぐり、腰のケースから手錠を抜き出した。

「警察の特殊部隊がハイジャック犯を制圧するときのやり方だそうだ」

砂川の両手首に後ろ手に手錠をかける。

「どうするつもりだ？」

矢能が訊ねる。

「とりあえずトランクに放り込む。手伝え」

河村は背後から砂川の両腋《わき》に手を入れてBMWの後部に引きずっていく。

矢能は開いたままの運転席のドアから手を伸ばしてトランクのロックを解除した。

矢能が両足首を摑んで二人で砂川をトランクに入れる。砂川は完全に意識を失っているわけではなさそうだったが、抵抗しようとはしなかった。河村がトランクの蓋を閉めた。

運転席に座ると矢能は煙草に火をつけた。河村が助手席に乗り込んでくる。

「あんたはどうするつもりだったんだ？　本気で取り引きするつもりだったのか？」

河村が言った。

「ああ」

「けど、それはカネのためじゃない。俺をムショに戻させないためだ。そうだろ？」

「いや」

「フッ、あんた照れ屋なのか？　褒《ほ》められると抵抗するタイプだろ？」

河村は楽しげに笑った。

「………」

「だがあの野郎はまともに取り引きする気なんかなかった。なにか企んでた」

「ああ、俺を殺すつもりだったんだろうよ」

「俺もそう思った。だからあいつをノックアウトすることにしたんだ」

「ああ」

「言ってみりゃ、これは俺からのささやかな友情の証《あかし》だと思ってもらいてえな」

「覚えておく」

矢能はギアをD《ドライブ》に入れ、アクセルを踏んだ。

天現寺《てんげんじ》から高速に乗り首都高羽田《はねだ》で降りるルートを選択して外苑西通りを走った。

「あのデカが素直に取り引きに応じてたら……」

河村が言った。

「児嶋を救えなくなってた。それでよかったのか？」

「証拠の拳銃がなくても、児嶋を救えなくなるわけじゃない」

「へえ」

「お前にムショで残りの弁当を喰わせるのは忍びない。そう思ったのは確かだがそれだけじゃない。今後のためにもデカとは話をつけておく必要があった」

矢能は言った。

「デカを一方的に打ち負かすと、あとで必ずなにかの理由を見つけてパクりにくる」

「まあな……」

「俺には娘がいる。血は繋《つな》がっちゃいないが、俺の子だ」

「…………」

「俺はこれからもずっと、そいつと暮らしていかなきゃならん。懲役喰らうわけにはいかない」

「だったらあんた、もっと仕事を選ぶべきだな」

「娘を育てていくのに、俺にできる仕事は少ない」

「カタギってのは大変だな。……けど、ちょっとあんたが羨《うらや》ましいような気もする」

河村は煙草をくわえてジッポーで火をつけた。


「そこを右だ」

河村が言った。首都高を降りてしばらく走ると、周囲は工場街になっていた。

「突き当たりを左」

陽はかなり西に傾いている。通りは静かで、歩く人の姿も行き交う車もなかった。すでに廃業した工場が多いのかも知れない。

「ここだ」

矢能は車を停めた。打ち棄てられたような、錆《さび》だらけのトタン張りの工場の前だった。表は鉄柵で塞がれている。

「中からなら簡単に開《あ》くんだ」

そう言うと河村は車を降りて、身軽にコンクリートブロックの塀を乗り越えて姿を消した。すぐに鉄柵が横にスライドして車が通れる幅に開いた。矢能はＢＭＷを乗り入れた。

矢能がウインドウを下げると、鉄柵を閉めて戻ってきた河村が、

「建物の裏に廻ってくれ。俺はキーを取ってくる」

そう言って工場の建物の脇の細い通路に入っていった。矢能は車を進めた。

建物の裏手には資材なのか廃材なのかわからない濃いグレーのキャンバスシートで覆われた小山が二つと、三台の車があった。錆だらけの軽トラと、何十年も前の朽ちたようなベンツと、比較的小ぎれいな白のクラウン・アスリートだ。

矢能は車を降りるとクラウンに近づいていった。地面はモルタルで固められているので靴跡が残る心配はなさそうだ。

背後から足音が聞こえた。建物の脇から河村が近づいてきていた。

「これを使え」

両手分を一つにまとめた軍手の塊を投げてくる。

矢能は空中でキャッチすると、両手にそれを嵌《は》めた。河村はすでに軍手を着けた手でスマートキーを取り出す。ドアロックが解除された音がした。運転席のドアを開けトランクオープナーを操作する。トランクの蓋が少し浮いた。矢能は端のほうに指を一本引っかけてトランクを開けた。

拳銃が一丁と、表紙が赤の小ぶりなノートがあった。他にはなにもなかった。

ノートは表紙の右下の角がちぎり取られている。拳銃はグロックだ。河村が持っていた標準的なグロック17ではなく、コンパクトなグロック19だった。

「どうだい、間違いねえだろ？」

河村が言った。

「ああ、そうらしい」

矢能は言った。

「じゃあ俺は務めを果たしたってことだな」

河村は作業服の胸ポケットから、金属のリングにぶら下がった手錠の鍵を取り出し矢能に手渡す。

「俺はそろそろ消えることにする。あのデカをどうするかはそっちで決めてくれ」

腹に挿したリボルバーを抜き出すと、軍手で表面の指紋を丁寧に拭ってから矢能に差し出した。

「ああ」

矢能はリボルバーを受け取りズボンのポケットに収めた。

「俺に用があるときゃ、上野《うえの》の遠州《えんしゅう》屋って質屋に電話しろ。そこの親爺《おやじ》が俺との連絡の取り方を教えてくれる」

「わかった」

「じゃあな」

「ああ」

「娘を大事にしろよ」

そう言うと河村は小走りに駆け出して、すぐに建物の陰で見えなくなった。

矢能はＢＭＷに戻ると運転席のドアを開け、助手席にリボルバーを放る。トランクのロックを解除して、全てのドアをロックした。車の後ろに廻ってトランクを開けると、眩しそうな眼で砂川が見上げていた。

「お、俺をどうする気だ？」

「どうもしない。取り引きをするだけだ」

矢能は砂川の背中側に手を伸ばして手錠を外してやった。

「出ろ」

砂川は手首を擦《さす》りながらトランクから降りてきた。周囲を見回す。そして言った。

「河村は？」

「もういない」

「だったら取り引きってなんだ？」

「今後、俺を追い廻さないことを条件に証拠の拳銃を渡す」

「…………」

「刑事に対する、暴行・監禁の共謀共同正犯でパクられるなんてことになると、面倒だからな」

「断ったら？」

「お前にとって面倒なことになる」

「それが本当にガスが使った凶器だと、どうして俺にわかる？」

砂川は疑り深い眼で言った。

「別の銃を置いといて俺を騙すつもりなんじゃないのか？」

「サービスで、赤い表紙のノートをつけてやる」

「！」

砂川が目を見開いた。

「それならお前も納得するだろう？」

「……それだけのものを俺に渡して、お前はどうやって児嶋を救うつもりだ？」

「銃とノートは偶々《たまたま》見つかっただけだ。最初《ハナ》から無いと思えば痛くも痒《かゆ》くもない」

矢能は言った。

「俺は、俺のやるべき仕事はやった。俺はお前の知らないことをいろいろと知ってるぞ。ガスの動機も、被害者との接点もな……」

「…………」

「あとは法廷で弁護士が頑張ればいいことだ」

「わかった。……俺の拳銃は？」

「この車の助手席に置いてある。ドアはロックしてあるぞ」

「取り引きには応じる。だから銃を返せ」

「俺がここを立ち去るときに渡す。そうじゃないと、殺されそうな気がするんでな」

「……いいだろう。証拠の品を見せろ」

「こっちだ」

矢能はクラウンに向かって歩いた。砂川が後ろをついてくる。

「この中だ」

クラウンの開いたままのトランクを手で示した。砂川は我が子の遺体を確認させられる父親のような顔つきでトランクを覗き込んだ。矢能は右手をズボンのポケットに入れた。

「…………」

砂川は無言でトランクの中を見つめていた。やがて大きくため息をつき、

「間違いないな……」

そう呟《つぶや》いた。矢能は静かにポケットから・22オートを抜き出すと、砂川に向けた。

「その銃に手を伸ばすなよ。俺に銃を向けたらお前が死ぬぞ」

トランクの中のグロックは、安全装置《セーフティトリガー》が引き金にある。銃把《グリップ》を握って引き金を引くだけで発砲できるタイプの銃だ。砂川が振り返り、矢能の銃を見て笑った。

「その玩具《おもちゃ》みたいな二十二口径でか？　そんなもの何発喰らったって死にはしない」

そしてまたトランクの中に眼を向け、

「こっちのグロックは9ミリだ。勝負にもならんぞ」

「お前が取り引きに応じるのなら、勝負する必要はない」

「ああ」

砂川はトランクの中を見つめたままで言った。

「こんな証拠があれば、児嶋は確実に無罪だ。いや、裁判にすらならん」

それは、自分に向かって語りかけているようだった。

「本当に、児嶋を救うために使わなくていいのか？」

「お前が決めろ」

矢能は言った。

「いまはお前にも無実だとわかってる児嶋を、死刑台に送りたいのか救いたいのか、お前は本当はどうしたいんだ？」

「俺は……」

砂川がグロックに飛びついた。矢能は動いた。

グロックを摑んで振り返った砂川の右の耳の穴に銃口を押しつけて引き金を引く。

軽い銃声とともに砂川が地面に崩れ落ちた。

矢能は砂川を見下ろした。血は流れ出ていなかった。すぐに心臓が活動を停止したからだ。

・22口径の拳銃に使用される22ロングライフル弾は、弾頭が小さく火薬量も少ないため威力が弱い。だから耳の穴から入った弾頭は、頭蓋骨を破壊することができずに跳ね返る。エネルギーを失って停止するまで、脳を破壊しながら跳ね返り続けることになる。派手な音がせず、現場に血が流れないことから、欧米では・22口径はプロの殺し屋が好む銃だと言われている。

矢能は、掌《てのひら》に収まるちっぽけなベレッタをポケットに入れると、ガラケーを取り出して掃除屋に電話をかけた。

7

「お忙しいところを誠に申しわけありません。私《わたくし》こういう者でして……」

その太った男は警察バッジを見せた。

「現在取調べ中の被疑者の余罪を追及しておりましたところ、十年ほど前に殺害した被害者の遺体を、当時内装工事中だったとある店舗の床下に埋めたとの供述が得られまして……」

「はあ、それが私たちになんの関係が？」

「その店舗というのが、あなた方ご夫妻が借りられた中野の美容室なんですよ」

「ええッ!?」

若い夫婦の声が揃った。

「それで早速床下を掘り返して遺体を確認しなければならないんですが……」

太り過ぎの刑事は申しわけなさそうに言った。

「もちろん掘り返す費用は警視庁が負担するんですが、復旧の費用のほうはそちらでご負担いただく他ないものですから、こうして捜査協力のお願いに参ったような次第でして……」

「はぁ？」

「埋まっている正確な場所がわかっているわけではありませんので、ヘタをすると、床の全面を剝《は》がしての作業となりますし、そうなると設備等も全て撤去せねばなりませんので……」

「なにを言ってるんですか！　復旧がどうのこうのの前に、そんな気持ちの悪い店を借りるわけないじゃないですか！」

「え？　でももう契約を済まされているのでは？」

「解約します。まだ仮契約の段階ですから。こういう事情なら不動産屋も契約の解除に応じてくれますよね？」

「まぁ大丈夫だと思いますが」

「手付け金も返してくれますよね？」

「さぁ……」

「えっ？　でもこれで手付け金を返さないなんて酷《ひど》くないですか？」

「そうですね。……わかりました。我々は不動産屋と交渉することにいたします」

太った刑事は笑みを浮かべた。

「その際に、あなた方にはご迷惑がかからないように、こちらから不動産屋に話してみましょう」

「えっ？　いいんですか？」

「不動産業者もね、警察が相手だと弱いものなんですよ。まぁ任せておいて下さい」

「あ、ありがとうございますっ」

その太った刑事さんは、とってもいい人だった。

エピローグ

児嶋康介は釈放された。

旋条痕《せんじょうこん》から、犯行に使用された凶器であると断定された拳銃は、表面の指紋は拭き取ってあったものの、銃把《グリップ》に収められた弾倉《マガジン》からガスの指紋が検出されていた。

同時に発見された赤い表紙のノートからは、被害者松村保の指紋とガスの指紋が検出されている。現場に残されていた赤い紙片とも切断面が完全に一致していた。

このノートは松村の俳優以外の仕事用のスケジュール帳で、コカインの顧客だった芸能人の名前と連絡先がずらりと記載されていた。

捜査当局は、松村がこのノートを奪われまいと抵抗をしたために、三発もの銃弾を喰らったものと推測しているらしい。

マスコミは、この衝撃的な展開を大々的に報道し、警察と検察への総攻撃を開始した。まるで最初から児嶋の無実を確信していたかのような報道ぶりだった。

冤罪を生み出した張本人の砂川警部補は、その後行方を眩《くら》ましたままだと報じられている。

矢能が依頼した掃除屋は死体処理の専門業者だ。もちろん犯罪現場の掃除もやってくれる。運び出した死体は、羽田空港の近くの平和島《へいわじま》や、勝島《かつしま》付近に無数に存在する冷凍倉庫の一つに運び込み、マイナス六十度で急速冷凍される。その後粉砕機にかけられ衣服ごと細かなフレーク状にして下水に流し、東京湾の一部となる。その行方は永久にわからない。

かなりの出費ではあったが、倍額になった成功報酬から見れば大した額ではない。矢能は残りの成功報酬を使って、鳥飼弁護士にある依頼をした。

「ごめんなさい、わざわざ来ていただいて……。いまお客さんはいないんですけど、わたしが店を離れるわけにもいかなくて……」

美容室のおねえさんが言った。

「いや、構わん。話したいこととは？」

「それが、わたしこのままこの店を続けられることになったんですよ」

久しぶりに見る、彼女らしいキュートな笑顔だった。

「ほう」

矢能は控えめな笑顔を返した。

「きょう午前中に、いきなり女性の弁護士さんが来られて、この店は新しいオーナーが引き継ぐことになったから、いままで通り働いてくれないかって……」

「それはよかった。栞が喜ぶ」

「なんか、ここを借りるはずだったご夫婦が、急にキャンセルしちゃったらしくて。こんなにラッキーなことってあるもんなんですかね？」

「日頃の行いのせいだろう」

「わたし正式に店長ってことになって、お給料も少し上げてもらえたんですよ」

「当然だな」

「でも、新しいオーナーさんって千代田区に住んでおられるお婆さんなんですけど、わたしがご挨拶したいって言ったら、ご高齢なので全てはその弁護士さんが任されてるって……。なんかちょっと胡散《うさん》臭くないですか？」

「さあ、よくあることなんじゃないかな」

矢能はそう言った。

「聞きました？」

栞は帰ってくるなり弾んだ声を出した。

「ああ、さっき聞いた」

矢能は読みかけの本から顔を上げた。

「わたし、とっても幸せです」

それは、眩《まばゆ》いほどの笑顔だった。

「よかったな」

矢能も笑みを返した。

「それで、お仕事の料金なんですけど……」

「俺はまだなにもしてない。だから料金もゼロだ」

栞はフフッ、と笑ってランドセルをソファーに置いた。

「こんな偶然ってあるもんなんですかね？」

矢能は聞こえなかったフリをして本に眼を戻した。

「もう一度おねえさんのところに行ってきます」

「ああ」

本から眼を上げずに応えた。

事務所のドアが開く音がして、閉まる音がするまでのあいだに栞が小さな声でなにか言った。

「ありがとう、おとうさん」

そう言ったように聞こえた。

矢能は弾かれたように顔を上げてドアのほうを見た。だが、もう栞の姿はそこにはなかった。

動悸はなかなか治まらなかった。

それがただの聞き違えなのか、それとも、矢能の仕事に対する報酬なのかはわからなかった。

そのとき矢能の新しいスマートフォンが鳴り出した。次三郎からだった。

「大変なんだ！　いますぐ来てくれッ！　殺されるかも知れねえんだッ！」

「知らねえよ」

「マリアの家族に監禁されちまった！　とんでもねえ連中なんだ。父親はフィリピンマフィアのドンで、弟は三人とも全身タトゥーだらけでメチャメチャ恐いんだよお！　マリアを騙したんなら絶対に許さないって言ってる。マジでヤバいんだ」

その切迫した声は、とても芝居だとは思えなかった。

「俺はあんたのために働いたよなぁ？　河村の件でも、美容室の件でも。なのに俺を見殺しにするってのか⁉　なんとかしてくれよお！」

「チッ、しょうがねえな……」

矢能は本を閉じるとソファーから起ち上がった。

解説

添野知生（映画評論家）

ドナルド・E・ウェストレイクというアメリカのミステリ作家をご存じでしょうか。不運な泥棒を主人公にしたユーモア・ミステリ《泥棒ドートマンダー》シリーズが代表作ですが、一方で、武装強盗のプロを主人公にした犯罪小説《悪党パーカー》シリーズをリチャード・スターク名義で書き、こちらも大きな人気を集めました。ウエストレイクは二〇〇八年に亡くなる直前まで、この二つのシリーズを書き続け、読者を楽しませてくれました。

木内一裕さんの小説を読むと、私はウェストレイクの作品を思い出します。とりわけこの《私立探偵・矢能《やの》政男》シリーズは、当初は《悪党パーカー》を思わせる硬派の物語として始まり、徐々に《泥棒ドートマンダー》に似たユーモアを発揮するようになりました。第二作『アウト&アウト』の後半で、集団詐欺のコンゲーム小説と思わせて、一旦それをご破算にしてみせるユーモラスな展開は、まさに《ドートマンダー》シリーズを堂々と受け継ぐものです。ニューヨークと東京、それぞれの地理へのこだわりもウェストレイク譲りと言えます。さらにこの新作『ドッグレース』では、とうとう武装強盗のプロまで登場しました。硬軟二つのシリーズの読みどころが、木内さんの小説では自然な形で一つに溶け込んでいて、私にはドナルド・E・ウェストレイクの後継者と思えるのです。

人気俳優と人気歌手の男女が殺され、二人の持ち物を所持していたドラッグ・ディーラーが強盗殺人の容疑で逮捕される。このままでは死刑になるかもしれない容疑者が口にした言葉は、「矢能を呼んでくれ」だった——。

本書は《私立探偵・矢能政男》シリーズの四年ぶりの新作です。二〇一八年に書き下ろし単行本として発表され、これが待望の文庫化となります。

ご存じの方も多いと思いますが、このシリーズは矢能の初登場から数えて四作目。それぞれが独立した物語なので、初めての読者がここから読んでもまったく問題ありません。ただし、読み終わったらさかのぼって他の巻を手に取らずにはいられないと断言しておきます。

『水の中の犬』（二〇〇七）
『アウト＆アウト』（二〇〇九）
『バードドッグ』（二〇一四）
『ドッグレース』（二〇一八）（本書）

元ヤクザの探偵・矢能政男は、四十代半ば。東京の「中野の駅前の商店街のはずれ」に矢能探偵社の看板を出して一年二ヵ月（推定）になります。暦年や季節は意図的にぼかされていますが、今回は春から夏に変わる時期の物語のようです。

容疑者の弁護士から依頼を受けた矢能は、真犯人につながる人物の捜索を開始。勝手知ったる東京の裏社会を自在に動き回り、行く先々で犯罪者や官憲と渡り合います。肝の据わった駆け引きは矢能の真骨頂で、このシリーズの大きな読みどころになっています。一方で、探偵が身ひとつで裏町に乗り込み、ひっかき回し、そこから広がった波紋が、思いがけない反応を連鎖的に引き起こす展開は、ハードボイルド・ミステリの正統そのものです。

このシリーズはじつは、各巻それぞれにミステリとしての型が隠されています。《信頼できない語り手》の一人称で始まる『水の中の犬』、一つの事件を二つの異なる視点から描いた『アウト&アウト』、ずらりと居並ぶ容疑者の中から犯人を見つけ出す『バードドッグ』、人捜しをテーマにしたハードボイルドの『ドッグレース』と、趣向が凝らされています。

暴力団内部の描写のほか、各巻にはその時々のトリビアとして、犯罪の仕組みの解説があり（本書でいえば金塊密輸ビジネス）、さらに、東京の地理、自動車、銃器のさりげない描写が徹底していることも特長です。

矢能にとって、かつてのアウトロー稼業で身についた知力と勘、度胸と人脈は、現在の探偵の仕事に大いに役立っています。しかし同時に、彼が本当に足を洗ったとは信じない連中が暴力団と警察の両サイドにいて、それにはうんざりしています。探偵修行中と言いながら、じつは自分が本当にしたいことを模索中で、気に入らない依頼は端から断ってしまう。仕事を引き受けない探偵であることが笑いを誘います。

そんな矢能のまわりにも、巻数を重ねるごとに、おなじみの登場人物が増えました。血のつながらない矢能の娘で小学校三年生の栞《しおり》。行きつけの美容室のおねえさん。親戚のような六番町のお婆《ばあ》さん。もっとも古くからいるのに名前のない初老の情報屋。暴力団組長の工藤と子分の篠木《ささき》。不良刑事の次三郎《じさぶろう》。キツネとマンボウとしか呼ばれない組織暴力団対策課の刑事コンビ。

この愛すべき面々（そうではない人たちもいますが）とのやりとりも、シリーズの大いなる楽しみになってきました。とりわけ、矢能と栞とおねえさんとお婆さんの間には、疑似家族のような信頼関係がゆっくりとできつつあり、物語のなかに、死と暴力に満ちた事件サイドとは別の一面を形作っています。六番町の家が安全確保のためのセイフハウスとして機能していることも、二つの世界を両立させる良《い》い仕掛けになっています。

現代の日本を舞台に、ドライな血の匂いと、細やかな人の情愛を、一つの物語の中に無理なく両立させる。現実の世界とはそういうものではないのか、という作者の確信を感じさせます。

難しいバランスを取りながらそんな物語を創り上げた、作者の木内一裕さんとは何者なのか。

木内一裕さんは、一九八三年、きうちかずひろ名義でマンガ家デビュー。第一作『BE-BOP-HIGHSCHOOL』が大ヒット作となり、東映による実写映画化も人気シリーズに。一九九一年、その東映から『CARLOS／カルロス』で映画監督デビュー。そしてご存じのように、二〇〇四年の『藁《わら》の楯《たて》』で木内一裕として小説家デビューして現在に至ります。

ウィンザー・マッケイから小松左京まで、石井隆《たかし》からフランク・ミラーまで、マンガ家から映画監督へ、あるいは小説家へと、表現形式をまたいで業績を残した人は決して少なくありません。しかし、マンガ、映画、小説の三分野で、余技としてではなくコンスタントに作品を送り出し、高い評価と商業的な成功を収めた作家は、世界的にみても希有《けう》の存在で、私は木内一裕さんしか知りません。

映画監督としての木内さん（きうちかずひろ名義）には、現在までに長篇《ちょうへん》六作、短《たん》篇《ぺん》一作の監督作があり、極めて充実した内容を誇っています。機会があればぜひ見ていただきたいので、すこし解説します。

『CARLOS／カルロス』（一九九一）は、東映Vシネマの初期の傑作で、今見ても度肝を抜かれます。カルロス（竹中直人《なおと》）率いる日系ブラジル人の商売に、日本の暴力団が圧力をかけるが、彼らはじつは本国の麻薬戦争を生き抜いてきた凶悪なギャングだったという物語。

『BE-BOP-HIGHSCHOOL』（一九九四）は、最初の映画シリーズとはまったく異なる、暗く、血の匂いに満ちたリメイクで、原作者が見ていた光景は本来はこういうものだったのかと驚いた憶《おぼ》えがあります。

『JOKER ジョーカー』（一九九六）は、男と女が出会って弾《はじ》かれるように社会のレールを外れ、アウトローのカップルとして暴走していく顚末《てんまつ》を描いたこれも傑作。気のいい若者三人組が暴力に触れて歯止めを失っていくサイドストーリーもすばらしい。矢能シリーズのお婆さんの原型がすでに登場しているのも目を引きます。

そして次の『鉄と鉛 STEEL & LEAD』（一九九七）こそが、矢能政男が小説に先んじて初登場した、きうち監督渾身《こんしん》のノンストップ・バイオレンス映画。死を宣告された探偵と彼を見張るやくざの矢能が、一夜の共闘のなかで友情を育む物語で、この二人を、一九七〇年代の東映やくざ映画でくりかえし共演してきた渡瀬恒彦《つねひこ》さんと成瀬正孝《まさたか》さんが演じていることに、特別な感慨を覚えます。

『共犯者』（一九九九）は、『CARLOS／カルロス』の八年後を描いた続篇《ぞくへん》で、街に戻ったカルロスが、DV被害者の人妻（小泉今日子）を助け、アメリカから来た最強の殺し屋（内田裕也《ゆうや》）と対決します。暴力の中で覚醒する一般人がこれまで以上に力を込めて描かれ、「死にたいんじゃないわ、戦うの」というセリフに泣かされます。

ちなみに、全作品が暴力を描いていますが、視点はつねに、「所詮てめえらはバナナボートなんだよ」と差別されたり（『CARLOS／カルロス』）、「死んだ方がいいんだろ、俺たちみたいなのは」と自嘲したりする（『JOKER ジョーカー』）弱者の側にあることは、強調しておきたいです。

そして、ここまでの五作はすべて、きうち監督の個性と作品ごとの方向性を、東映セントラルフィルムの流れを汲《く》む当時最高の製作スタッフが支えるという、ある種の盤石な体制で製作されてきました。そこから外れて、一人で何ができるかを試したように見えるのが、短篇「Pay Off ペイ・オフ」(二〇〇三)で、きうち監督は撮影・編集を兼任し、ガンアクションに特化した物語を、精確で無駄のない十七分の映画にまとめあげました。

その後、新作の報はなく、映画製作をめぐる環境も大きく変わり、あきらめていたころに突如、きうち監督のカムバックが実現したのが『アウト&アウト』(二〇一八)。長篇映画としてはじつに十九年ぶり、しかも矢能政男シリーズの新たな幕開けで、ブランクを感じさせないどころか、さらに研ぎ澄まされた内容に驚かされました。

矢能シリーズは、映画『鉄と鉛 STEEL & LEAD』で一度きれいに終わった物語を、十年後に小説『水の中の犬』で再検討したところから始まっています。映画の冒頭で恋人を撃ち殺す女性(白島靖代《やすよ》)の身の上は、映画では語られません。彼女の物語を第一話として新たに書き、『鉄と鉛』の物語を結末以外はほとんど変えずに第二話として小説化し、探偵のその後と、矢能と栞の生活の始まりを第三話として書いたものが『水の中の犬』になります。

『鉄と鉛』の時点で、この、すべてをひっくり返す構想があったのか。あるいは、小説家としての第二作を準備していた時に、どうしても書いておきたい物語として『鉄と鉛』のやり直しが浮上したのか。それはわかりませんが、私にはどうも後者のように思えます。

暴力の世界は、幸せな日常の世界と隣り合わせに存在し、その間を隔てる壁はひどく薄いときがある。そして、ごく普通の幸せな一般人が、たまたま暴力に触れたことで覚醒し、人生の目的を果たすために突き進んでしまうことがある。木内一裕さんはこの二つのテーマを（少なくとも映画と小説のなかでは）くりかえし描いてきました。

『水の中の犬』の探偵は、かつて日常の隣にある凄《すさ》まじい暴力に触れてしまったことで、人生の目的を果たすことでしか生きられなくなっています。彼の場合それは弱い者、とくに子供を救うという目的で、そのために満身創痍《そうい》になっても構わず突き進みます。『共犯者』のヒロインや、『JOKER ジョーカー』の若者三人組が、映画の終わりに迎える幕切れにも、同じ意味があります。

だから、栞を救うことはできるが、共に生きていくことはできない。だから、別の者にバトンを渡す必要があった。暴力の世界に触れても揺るがない、一般人ではない、自分を見失わない者に。だから、『鉄と鉛』の物語は上書きされ、矢能シリーズが生まれ、好調に続いているわけです。

私の望みは、このシリーズが書き続けられること。そして驚くべき傑作だった映画『アウト&アウト』の続篇が、同じきうちかずひろ監督、同じ出演陣によって製作されることに尽きます。私の脳裏には、長身瘦軀《そうく》の矢能政男は、すでに遠藤憲一さんの姿で現れていますし、情報屋には竹中直人さんの、次三郎には中西学《まなぶ》さんの声しか聞こえません。

今後は、美容室のおねえさんにも、武装強盗のプロにも、ぜひ映画のなかで会ってみたい。そう望むのは私だけでしょうか？

本作は、二〇一八年七月に小社より単行本として刊行されました。

|著者| 木内一裕　1960年福岡生まれ。'83年、『BE-BOP-HIGHSCHOOL』で漫画家デビュー。2004年、初の小説『藁の楯』を上梓。同書は'13年に映画化もされた。他の著書に『水の中の犬』『アウト＆アウト』『キッド』『デッドボール』『神様の贈り物』『喧嘩猿』『バードドッグ』『不愉快犯』『嘘ですけど、なにか？』（すべて講談社文庫）、『飛べないカラス』『小麦の法廷』（講談社）がある。

ドッグレース

木内一裕《きうちかずひろ》

2020年11月13日第1刷発行

講談社文庫
定価はカバーに
表示してあります

発行者——渡瀬昌彦
発行所——株式会社　講談社
東京都文京区音羽2-12-21　〒112-8001
電話　出版（03）5395-3510
　　　販売（03）5395-5817
　　　業務（03）5395-3615
Printed in Japan

デザイン—菊地信義
本文データ制作—講談社デジタル製作
印刷———豊国印刷株式会社
製本———株式会社国宝社

ISBN978-4-06-521644-6

講談社文庫刊行の辞

二十一世紀の到来を目睫に望みながら、われわれはいま、人類史上かつて例を見ない巨大な転換期をむかえようとしている。

世界も、日本も、激動の予兆に対する期待とおののきを内に蔵して、未知の時代に歩み入ろうとしている。このときにあたり、創業の人野間清治の「ナショナル・エデュケイター」への志を現代に甦らせようと意図して、われわれはここに古今の文芸作品はいうまでもなく、ひろく人文・社会・自然の諸科学から東西の名著を網羅する、新しい綜合文庫の発刊を決意した。

激動の転換期はまた断絶の時代である。われわれは戦後二十五年間の出版文化のありかたへの深い反省をこめて、この断絶の時代にあえて人間的な持続を求めようとする。いたずらに浮薄な商業主義のあだ花を追い求めることなく、長期にわたって良書に生命をあたえようとつとめるところにしか、今後の出版文化の真の繁栄はあり得ないと信じるからである。

同時にわれわれはこの綜合文庫の刊行を通じて、人文・社会・自然の諸科学が、結局人間の学にほかならないことを立証しようと願っている。かつて知識とは、「汝自身を知る」ことにつきていた。現代社会の瑣末な情報の氾濫のなかから、力強い知識の源泉を掘り起し、技術文明のただなかに、生きた人間の姿を復活させること。それこそわれわれの切なる希求である。

われわれは権威に盲従せず、俗流に媚びることなく、渾然一体となって日本の「草の根」をかたちづくる若く新しい世代の人々に、心をこめてこの新しい綜合文庫をおくり届けたい。それは知識の泉であるとともに感受性のふるさとであり、もっとも有機的に組織され、社会に開かれた万人のための大学をめざしている。大方の支援と協力を衷心より切望してやまない。

一九七一年七月

野間省一

講談社文庫 最新刊

浅田次郎　おもかげ
定年の日に地下鉄で倒れた男に訪れた、特別な時間。究極の愛を描く浅田次郎の新たな代表作。

神永　学　悪魔と呼ばれた男
「心霊探偵八雲」シリーズの神永学による予測不能の本格警察ミステリ――開幕！

濱　嘉之　院内刑事《デカ》　ザ・パンデミック
「絶対に医療崩壊はさせない！」元警視庁公安・廣瀬知剛は新型コロナとどう戦うのか？

堂場瞬一　ネタ元
五つの時代を舞台に、特ダネを追う新聞記者たちの姿を描く、リアリティ抜群の短編集！

橘　もも　原作：ヤマシタトモコ　脚本：相沢友子　さんかく窓の外側は夜〈映画版ノベライズ〉
霊が「視《み》える」三角《みかど》と「祓《はら》える」冷川《ひやかわ》。二人の〝運命〟の出会いはある事件に繋がっていく。

東山彰良　女の子のことばかり考えていたら、1年が経っていた。
女性との恋愛のことで頭が満ちすぎている男たちの哀しくも笑わされる青春ストーリー。

麻見和史　凪《なぎ》の残響〈警視庁殺人分析班〉
切断された四本の指、警察への異様な音声メッセージ。予測不可能な犯人の狙いを暴け！

夏原エキジ　Cocoon 2〈蠱惑の焰〉
羽化する鬼、犬の歯を持つ鬼、そして〝生き鬼〟。瑠璃《るり》の前に新たな敵が立ち塞がる！

久坂部羊　祝葬
人生100年時代、いい死に時とはいつなのか？　現役医師が「超高齢化社会」を描く！

講談社文芸文庫

笙野頼子
海獣・呼ぶ植物・夢の死体
初期幻視小説集
解説＝菅野昭正　年譜＝山﨑眞紀子
体と心の「痛み」と向き合う日々が見せたこの世ならぬものたちを、透明感あふれる筆致で描き出した初期作品五篇。現在から当時を見つめる書下ろし「記憶カメラ」併録。
ＬＬ４
978-4-06-521790-0

笙野頼子
猫道
単身転々小説集
解説＝平田俊子　年譜＝山﨑眞紀子
自らの住まいへの違和感から引っ越しを繰り返すうちに猫たちと運命的に出会い、彼らと安全に暮らせる空間が「居場所」に。笙野文学の確かな足跡を示す作品集。
ＬＬ３
978-4-06-290341-7

講談社文庫　目録

京極夏彦　文庫版百鬼夜行―陰
京極夏彦　文庫版百器徒然袋―雨
京極夏彦　文庫版百器徒然袋―風
京極夏彦　文庫版今昔続百鬼―雲
京極夏彦　文庫版陰摩羅鬼《おんもらき》の瑕《きず》
京極夏彦　文庫版邪《じゃ》魅《み》の雫
京極夏彦　文庫版今昔百鬼拾遺―月
京極夏彦　文庫版死ねばいいのに
京極夏彦　文庫版ルー＝ガルー〈忌避すべき狼〉
京極夏彦　文庫版ルー＝ガルー2〈インクブス×スクブス 相容れぬ夢魔〉
京極夏彦　分冊文庫版姑獲鳥《うぶめ》の夏(上)(下)
京極夏彦　分冊文庫版魍魎《もうりょう》の匣《はこ》(上)(中)(下)
京極夏彦　分冊文庫版狂骨《きょうこつ》の夢《ゆめ》(上)(中)(下)
京極夏彦　分冊文庫版鉄鼠《てっそ》の檻《おり》　全四巻
京極夏彦　分冊文庫版絡新婦《じょろうぐも》の理《ことわり》(一)(二)
京極夏彦　分冊文庫版絡新婦《じょろうぐも》の理《ことわり》(三)(四)
京極夏彦　分冊文庫版塗仏《ぬりぼとけ》の宴《うたげ》　宴の支度《したく》(上)(中)(下)
京極夏彦　分冊文庫版塗仏《ぬりぼとけ》の宴《うたげ》　宴の始末《しまつ》(上)(中)(下)
京極夏彦　分冊文庫版陰摩羅鬼《おんもらき》の瑕《きず》(上)(中)(下)
京極夏彦　分冊文庫版邪魅《じゃみ》の雫(上)(中)(下)
京極夏彦　分冊文庫版ルー＝ガルー〈忌避すべき狼〉(上)(下)
京極夏彦　分冊文庫版ルー＝ガルー2〈インクブス×スクブス 相容れぬ夢魔〉(上)(下)
京極夏彦・原作 志水アキ・漫画　コミック版姑獲鳥《うぶめ》の夏(上)(下)
京極夏彦・原作 志水アキ・漫画　コミック版魍魎《もうりょう》の匣《はこ》(上)(下)
京極夏彦・原作 志水アキ・漫画　コミック版狂骨の夢(上)(下)
北森　鴻　花の下にて春死なむ
北森　鴻　香菜里屋《カナリヤ》を知っていますか
北森　鴻　親不孝通りラプソディー
北村　薫　盤上の敵
北村　薫　紙魚家崩壊〈九つの謎〉
北村　薫　野球の国のアリス
木内一裕　藁の楯
木内一裕　水の中の犬
木内一裕　アウト&アウト
木内一裕　キッド
木内一裕　デッドボール
木内一裕　神様の贈り物
木内一裕　喧嘩猿
木内一裕　バードドッグ
木内一裕　不愉快犯
木内一裕　嘘ですけど、なにか？
北山猛邦　『クロック城』殺人事件
北山猛邦　『瑠璃城』殺人事件
北山猛邦　『アリス・ミラー城』殺人事件
北山猛邦　『ギロチン城』殺人事件
北山猛邦　私たちが星座を盗んだ理由
北山猛邦　猫柳十一弦の後悔〈不可能犯罪定数〉
北山猛邦　猫柳十一弦の失敗〈探偵助手五箇条〉
北　康利　白洲次郎　占領を背負った男(上)(下)
北　康利　福沢諭吉　国を支えて国を頼らず(上)(下)
貴志祐介　新世界より(上)(中)(下)
北原みのり　〈佐藤優対談収録完全版〉木嶋佳苗100日裁判傍聴記
岸本佐知子 編訳　変《ヘン》愛《アイ》小説集
岸本佐知子 編　変愛小説集　日本作家編
木原浩勝　文庫版現世《うつしよ》怪談(一)　主人の帰り
木原浩勝　文庫版現世怪談(二)　白刃の盾
木原浩勝　増補改訂版もう一つの「バルス」〈―宮崎駿と『天空の城ラピュタ』の時代―〉

今野　敏　特殊防諜班　諜報潜入
今野　敏　特殊防諜班　聖域炎上
今野　敏　特殊防諜班　最終特命
今野　敏　茶室殺人伝説
今野　敏　奏者水滸伝　白の暗殺教団
今野　敏　フェイク〈疑惑〉
今野　敏　同期
今野　敏　欠落
今野　敏　変幻
今野　敏　警視庁ＦＣ
今野　敏　継続捜査ゼミ
今野　敏　蓬萊〈新装版〉
今野　敏　イコン〈新装版〉
後藤正治　天人〈深代惇郎と新聞の時代〉
幸田　文　崩れ
幸田　文　台所のおと
幸田　文　季節のかたみ
小池真理子　冬の伽藍
小池真理子　ノスタルジア
小池真理子　夏の吐息
小池真理子　千日のマリア
幸田真音　日本国債(上)(下)〈改訂最新版〉
五味太郎　大人問題
鴻上尚史　あなたの魅力を演出するちょっとしたヒント
鴻上尚史　あなたの思いを伝える表現力のレッスン
鴻上尚史　八月の犬は二度吠える
鴻上尚史　鴻上尚史の俳優入門
鴻上尚史　青空に飛ぶ
小泉武夫　納豆の快楽
近藤史人　藤田嗣治「異邦人」の生涯
小前　亮　李《り》世《せい》民《みん》
小前　亮　趙《ちょう》匡《きょう》胤《いん》〈宋の太祖〉
小前　亮　朱元璋　皇帝の貌《かお》
小前　亮　覇《は》帝《てい》フビライ〈世界支配の野望〉
小前　亮　唐玄宗紀
小前　亮　賢帝と逆臣と〈康熙《こうき》帝《てい》と三藩の乱〉
小前　亮　始皇帝の永遠〈天下一統〉
香月日輪　妖怪アパートの幽雅な日常①
香月日輪　妖怪アパートの幽雅な日常②
香月日輪　妖怪アパートの幽雅な日常③
香月日輪　妖怪アパートの幽雅な日常④
香月日輪　妖怪アパートの幽雅な日常⑤
香月日輪　妖怪アパートの幽雅な日常⑥
香月日輪　妖怪アパートの幽雅な日常⑦
香月日輪　妖怪アパートの幽雅な日常⑧
香月日輪　妖怪アパートの幽雅な日常⑨
香月日輪　妖怪アパートの幽雅な日常⑩
香月日輪　妖怪アパートの幽雅な食卓〈るり子さんのお料理日記〉
香月日輪　妖怪アパートの幽雅な人々〈妖アパミニガイド〉
香月日輪　妖怪アパートの幽雅な日常〈ラスベガス外伝〉
香月日輪　大江戸妖怪かわら版①〈異界より落ち来る者あり〉
香月日輪　大江戸妖怪かわら版②〈異界より落ち来る者あり　其之二〉
香月日輪　大江戸妖怪かわら版③〈封印の娘〉
香月日輪　大江戸妖怪かわら版④〈天空の竜宮城〉
香月日輪　大江戸妖怪かわら版⑤〈雀、大浪花に行く〉
香月日輪　大江戸妖怪かわら版⑥〈魔狼、月に吠える〉
香月日輪　大江戸妖怪かわら版⑦〈大江戸散歩〉

講談社文庫 目録

香月日輪 地獄堂霊界通信①
香月日輪 地獄堂霊界通信②
香月日輪 地獄堂霊界通信③
香月日輪 地獄堂霊界通信④
香月日輪 地獄堂霊界通信⑤
香月日輪 地獄堂霊界通信⑥
香月日輪 地獄堂霊界通信⑦
香月日輪 地獄堂霊界通信⑧
香月日輪 ファンム・アレース①
香月日輪 ファンム・アレース②
香月日輪 ファンム・アレース③
香月日輪 ファンム・アレース④
香月日輪 ファンム・アレース⑤(上)(下)
近衛龍春 加藤清正〈豊臣家に捧げた生涯〉
木原音瀬《このはらなりせ》 箱の中
木原音瀬 美しいこと
木原音瀬 秘密
木原音瀬 嫌な奴
木原音瀬 罪の名前

近藤史恵 私の命はあなたの命より軽い
小泉凡 怪談四代記〈八雲のいたずら〉
小島正樹 武家屋敷の殺人
小島正樹 硝子の探偵と消えた白バイ
小松エメル 夢の燈影《ほかげ》〈新選組無名録〉
小松エメル 総司の夢
近藤須雅子 プチ整形の真実
小島環 小旋風《つむじかぜ》の夢絃《むげん》
小島環 原作 あなしん 脚本 おかざきさとこ 小説 春待つ僕ら
呉勝浩 道徳の時間
呉勝浩 ロスト
呉勝浩 蜃気楼の犬
呉勝浩 白い衝動
こだま 夫のちんぽが入らない
こだま ここは、おしまいの地
講談社校閲部 間違えやすい日本語実例集〈熟練校閲者が教える〉
佐藤さとる だれも知らない小さな国〈コロボックル物語①〉
佐藤さとる 豆つぶほどの小さないぬ〈コロボックル物語②〉
佐藤さとる 星からおちた小さなひと〈コロボックル物語③〉

佐藤さとる ふしぎな目をした男の子〈コロボックル物語④〉
佐藤さとる 小さな国のつづきの話〈コロボックル物語⑤〉
佐藤さとる コロボックルむかしむかし〈コロボックル物語⑥〉
佐藤さとる 天狗童子
佐藤さとる 絵/村上勉 わんぱく天国
佐藤愛子 新装版 戦いすんで日が暮れて
佐木隆三 慟哭〈小説・林郁夫裁判〉
佐木隆三 身分帳
佐高信 石原莞爾その虚飾
佐高信 わたしを変えた百冊の本
佐高信 新装版 逆命利君
佐藤雅美 恵比寿屋喜兵衛手控え
佐藤雅美 物書同心居眠り紋蔵
佐藤雅美 隼小僧異聞〈物書同心居眠り紋蔵〉
佐藤雅美 密約〈物書同心居眠り紋蔵〉
佐藤雅美 お尋者〈物書同心居眠り紋蔵〉
佐藤雅美 老博奕打ち〈物書同心居眠り紋蔵〉
佐藤雅美 四両二分の女〈物書同心居眠り紋蔵〉
佐藤雅美 白い息〈物書同心居眠り紋蔵〉

佐藤雅美　向井帯刀の発心〈物書同心居眠り紋蔵〉
佐藤雅美　一心斎不覚の筆禍〈物書同心居眠り紋蔵〉
佐藤雅美　魔物が棲む町〈物書同心居眠り紋蔵〉
佐藤雅美　ちよの負けん気、実の父親〈物書同心居眠り紋蔵〉
佐藤雅美　へこたれない人〈物書同心居眠り紋蔵〉
佐藤雅美　わけあり師匠事《こと》の顚末〈物書同心居眠り紋蔵〉
佐藤雅美　御奉行の頭の火照《ほて》り〈物書同心居眠り紋蔵〉
佐藤雅美　江戸繁昌記〈寺門静軒無聊伝〉
佐藤雅美　青雲遥かに〈大内俊助の生涯〉
佐藤雅美　悪足掻《あが》きの跡始末 厄介弥三郎
酒井順子　負け犬の遠吠え
酒井順子　金閣寺の燃やし方
酒井順子　昔は、よかった？
酒井順子　もう、忘れたの？
酒井順子　そんなに、変わった？
酒井順子　泣いたの、バレた？
酒井順子　気付くのが遅すぎて、
酒井順子　朝からスキャンダル
酒井順子　忘れる女、忘れられる女

佐野洋子　嘘ばっか〈新釈・世界おとぎ話〉
佐野洋子　コッコロから
佐川芳枝　寿司屋のかみさん　サヨナラ大将
笹生陽子　ぼくらのサイテーの夏
笹生陽子　きのう、火星に行った。
笹生陽子　世界がぼくを笑っても
沢木耕太郎　一号線を北上せよ〈ヴェトナム街道編〉
櫻田大造　「優」をあげたくなる答案・レポートの作成術
沢村凜　タソガレ
佐藤多佳子　一瞬の風になれ　全三巻
笹本稜平　駐在刑事
笹本稜平　駐在刑事 尾根を渡る風
佐藤あつ子　昭《あき》 田中角栄と生きた女
西條奈加　世直し小町りんりん
西條奈加　まるまるの毬《いが》
佐伯チズ　新装完全版 佐伯チズ式「完全美肌バイブル」〈123の肌悩みにズバリ回答！〉
斉藤洋　ルドルフとイッパイアッテナ
斉藤洋　ルドルフともだちひとりだち
佐々木裕一　若返り同心 如月源十郎〈不思議な飴玉〉

佐々木裕一　若返り同心 如月源十郎〈闇の顔〉
佐々木裕一　公家武者 信《のぶ》平《ひら》〈消えた狐丸〉
佐々木裕一　逃げた名馬〈公家武者 信平(二)〉
佐々木裕一　比叡山の鬼〈公家武者 信平(三)〉
佐々木裕一　公《く》卿《ぎょう》の罠《わな》〈公家武者 信平(四)〉
佐々木裕一　狙われた旗本〈公家武者 信平(五)〉
佐々木裕一　赤い刀身〈公家武者 信平(六)〉
佐々木裕一　帝《みかど》の刀《とう》匠《しょう》〈公家武者 信平(七)〉
佐々木裕一　若君の覚悟〈公家武者 信平(八)〉
佐藤究《きわむ》　QJKJQ
佐藤究　Ank〈a mirroring ape〉
佐藤究　サージウスの死神
佐野晶 三田紀房・原作　小説アルキメデスの大戦
澤村伊智　恐怖小説キリカ
さいとう・たかを 戸川猪佐武 原作　歴史劇画 大宰相〈第一巻 吉田茂の闘争〉
さいとう・たかを 戸川猪佐武 原作　歴史劇画 大宰相〈第二巻 鳩山一郎の悲運〉
さいとう・たかを 戸川猪佐武 原作　歴史劇画 大宰相〈第三巻 岸信介の強腕〉
さいとう・たかを 戸川猪佐武 原作　歴史劇画 大宰相〈第四巻 池田勇人と佐藤栄作の激突〉
さいとう・たかを 戸川猪佐武 原作　歴史劇画 大宰相〈第五巻 田中角栄の革命〉

2020年9月15日現在